孤岛柳林

The Willows and Other Stories

［英］阿尔杰农·布莱克伍德——著

王元媛——译

上海文艺出版社
上海故事会文化传媒有限公司

编委会

总策划 夏一鸣

主　编 黄禄善

副主编 高　健

编辑成员（按姓氏拼音为序）

蔡美凤　高　健　洪圣兰　胡　捷

黄禄善　吴　艳　夏一鸣　杨怡君　朱崟滢

名家导读

/桂清扬

桂清扬，浙江外国语学院英语教授、教学名师、香港岭南大学翻译学哲学博士、教育部公派英国诺丁汉大学语言学院访问学者，曾任中国计量大学外国语学院副院长。主要社会兼职：上海外国语大学英语语言文学博士研究生学位论文盲审专家、浙江大学外国语言文学及国际交流学院博士学位论文答辩委员会委员、国际跨文化研究院（IAIR）研究员、国家社会科学基金项目通讯评审专家及鉴定专家、国际翻译家联盟会员暨执业译员、中国翻译协会专家会员、杭州市翻译协会副会长、香港国际创意学会秘书长等。主持国家哲学社会科学基金项目"七月派翻译群体特征研究"（编号：11BYY019）。主要代表作有：学术论文《跨文化传播意义上的经典译作——关于绿原〈浮士德〉译本的思考》《胡风对满涛、吕荧等翻译家的影响研究》（刊于《中国翻译》，2007，2016）；专著《自助外语教学法》（中国科学文化出版社，2003）；教材《21世纪科技英语》（高等教育出版社，2002）；译著《呼啸山庄》（世界文学名著典藏版，花城出版社，2016），《桂向明短诗选·中英对照》（中外现代诗名家集萃，香港银河出版社，2016）。个人业绩辑入《世界人物辞海》。

千百年来，人类的宗教信仰和鬼神灵异都有着诸多间接证据，可以证明那些在科学认知领域内解释不了的现象。然而，随着现代科学技术的进步，人类已经完全有可能从独特的角度，以科学的方法来解释阐述鬼魂的本质，以及灵异现象背后神秘的未知领域。早在1924年，美国的杜克大学即建立了世界上第一家"超自然现象研究所"。自1981年以来，美国一些科学家一直致力于"灵学"研究，正是在他们的努力下，许多不解之谜都得到了初步解答。美国有一家灵异事件研究所，前苏维埃有一个克格勃军情十处，这些机构都用以研究恐怖的超自然现象或未解之谜，以探寻其背后的秘密。

而以灵异事件（ghost supernatural events）为基础的灵异小说（ghost novels），其魅力在于悬疑和恐怖的融合。如果说文学的魅力在于讲故事，那么能环环相扣、令人欲罢不能的故事无疑就是好故事了。灵异小说包含诸多地理、历史、文化、风俗等内容，读者在看故事时，抱着猜测的心理，一步一步接近真相。灵异小说还教我们做人要有敬畏之心。所以说，灵异小说的审美价值在于引人入胜（fascinating），其社会意义在于诘问与警示。

事实上，人类刚开始接触写作时，超自然灵异小说作为一个体裁即应运而生。然而，直至近百年才崭露头角，近三十多年才受到读者青睐，遂在文学之林占有重要一席。从世界范围考察，写超自然灵异小说的作家里，最受欢迎的有史蒂芬·金、安妮·赖斯、JK·罗琳（其作品介于超自然和纯虚构之间）、彼得·史托布、克里夫·巴克、尼尔·盖曼等，正是他们出色的作品使得这一题材在世界文坛受到前所未有的关注；另有一批作者，诸如拉姆齐·坎贝尔、托马斯·利根、凯特琳·基尔南等，他们虽不如前者出名，但创作成就更高，他们将超自然题材的作品升华至文学创作的最高水平。不得不提及的是20世纪当之无愧的超自然小说之父HP·洛夫克拉夫特，其创作使超自然题材作品的权威性被美国国家图书馆所认可。可以说，人们现在正处于一个"幽灵出没"的年代：灵异作品不仅在文学方面发展迅速，在它赖以生存的其他媒介如电影、电视剧、漫画、角色扮演游戏等，也如雨后春笋般涌入人们的视野。

2007年美国绿林出版公司出版了印度裔美籍小说家、国际超自然灵异文学头号批评家S.T.乔西（Sunand Tryambak Joshi, 1958— ）主编的《恐怖与超自然图像：最恐怖的梦魇百科全书》(Icons of Horror and the Supernatural: An Encyclopedia of Our Worst Nightmares, Volumes 1&2)。乔西在"序"中指出：该书"囊括了24个超自然小说与非超自然小说中最常见的图标，探究其与民俗故事和神话传说的渊源，并对其在文学电影、流行文化、社会整体上的流行加以研讨"。这部百科全书的撰写队伍由业界权威人士组成，写作时力求规避晦涩的文学批评术语，旨在为广大青年学生以及对超自然文学有浓厚兴趣的读者朋友提供方便。该书内容详实，与传统的百科全书条目相比，更加包罗万象，每篇文章的长度约为12000词至15000词不等。这些按字母顺序排列的文章，根据主题采用各式各样的批评方法——历史的、专题的、哲学的、宗教的，不一而足。由于超自然文学的中心思想大多来自古代宗教和民俗信仰，许多文章讨论了这些图像的人类学根源，以使其在当今媒体中能发挥作用。当然,恐怖可以被表现为非自然方式,比如连环杀手的标志,所以一些文章探讨了这类主题的社会意义和政治影响。

超自然灵异小说在人类社会中永远占有一席之地,且始终需要权威的解释,因为作为暴露人类最深切恐惧的一种文学体裁,它不仅是对伤害或死亡的恐惧,更是因对世界和宇宙本质的无知而产生的恐惧。从分类上看,灵异小说应属于大众文学(popular literature),而灵异元素可以存在于科幻(fantasy)、神秘(mystery)、灵异(ghost)、恐怖(horror)、庸俗(pulp)、侦探(detective)等类别的小说里。

即将出版的灵异小说集《孤岛柳林》,想必能为人们认识国外灵异小说的新发展提供新视角。原作者阿尔杰农·布莱克伍德(1869—1951)是英国早期的灵异小说家(ghost story writer),尽管他写过一些根据异教徒信仰改编的幻想作品,但使他闻名遐迩的还是他影响深远的灵异小说。布莱克伍德本身也是个有趣的人物,他游历甚广,参与过各种神秘组织。他笔下诞生的第一本灵异侦探系列小说,其主人公约翰·塞伦斯专门从事魔法调查。此书出版后曾被许多作家争相模仿,其中包括西贝里·奎因、威廉·H·霍奇森和查尔斯·格兰特。

布莱克伍德一鸣惊人,他的三个短篇故事《空屋子与鬼故事》(1906),《听众与其他人》(1907)和《约翰·赛伦斯:非凡医生》(1908)给读者留下了深刻印象。此后几年,他开始着重灵异幻想作品的创作,《失落谷及其他》(1910),《人首马身怪》(1911)和《潘的花园》(1912)就是这一时期的作品。布莱克伍德对于自然情境的喜爱在这些作品中被体现得淋漓尽致，其灵异小说的主题涉猎甚广，譬如地球上的灵魂、控制宇宙声音的某种力量等。近几年诞生了几部经典作品，均涉及诸如地球的生命神力和控制宇宙方式的声音力量等不同主题。

而《孤岛柳林》告诉我们：寂静的深夜往往是每一个孤独灵魂与上帝感应、倾心交谈的绝佳时机。远离人类文明的孤岛、荒野以及密林则会在人世间万千俗物陷入沉睡之际，尽情释放出令人迷醉的狂野，让每一个擅闯禁地的孤独者痴醉发狂、欲罢不能。每一次人类意识与异灵的碰撞、交锋、对决都显得瑰丽至极，远远超出了凡间生死的意义。那些被异灵掳去的灵魂究竟是喜是悲，《孤岛柳林》《树之爱侣》《怪兽瘟帝》三个故事将对此做出绝佳的诠释。

在布莱克伍德的灵异小说集中，每个被异灵掳去的孤独者也许才是真正沟通人类与异界的诗人与歌者。进入异界对于这些浅吟低唱的孤独者而言或许意味着新的开始，而不是结束。布莱克伍德的灵异小说善于挖掘诡异、怪诞、暴力甚至恶心等美学因子，以唤起读者身临其境的现场感和"恐怖美感"，从而完成感同身受的恐怖体验。

现代"恐怖小说"(horror fiction) 或灵异小说概念均来自西方，眼下灵异小说颇受欢迎，首先要归功于网络，很多灵异小说都是在网上受到强烈关注后，再得到书商青睐而出版问世的。由于社会历史原因，当今中国再也没有出过一部优秀的灵异文学作品，这是中国文学的悲剧，也是世界文学的悲剧。另有学者认为，西方的魔法小说应属灵异范畴，比如哈利波特系列；有基于神话的，比如有关路西法和天使的；

也有基于远古异教的。当然,文学不给科学做注脚,反之亦然。我们深信,灵异文学用非真实的方式获得了超越现实的真实。

Contents

孤岛柳林　　1

树之爱侣　　60

怪兽瘟帝　　147

孤岛柳林

离开维也纳之后,距布达佩斯还有一段漫长的路途。蜿蜒流淌的多瑙河在两地间进入了一块荒无人烟的偏远之地。除了主河道以外,它无数的支流向各个方向散开。那一带的乡间,方圆几英里都是沼泽,茂密、低矮的柳树丛覆盖了整个泽国。在大地图上,这片荒地一般都被印刷成蓝色,距河岸愈远,颜色越浅;整个地区几乎都标有代表沼泽地的字母"S"。

洪水暴涨时,这一片绿柳丛生、布满小圆石的沙质小岛几乎没于水下。正常的时节,遍布各岛的柳丛随风轻舞,沙沙作响,树叶在阳光下闪着耀眼的银光,整个平原显出令人目眩的溢动美感。这些柳树从未具有参天大树的伟岸，没有笔直的树干，它们只能归属于低矮卑贱的灌木类。圆蓬蓬的树梢，柔和的轮廓，微风拂过时，纤巧的枝干摇曳生姿，如青草般轻柔飞舞。整个平原似乎都在荡漾起伏，纵然没有水波，风儿也会掀起层层叶浪，如碧海般波动不已，有时夺目的日光又会给柳叶镀上银光，看上去绚丽照人。

逃离了河岸的束缚，多瑙河在群岛间无数条纵横交错的小河道上随意徜徉。时而汇入主流，河水一泻而下，轰响阵阵；时而湍流中带着小水泡，转成一个个小漩涡；时而又发狠地撕扯着河岸，冲走岸边的柳树丛与草团。于是诞生了数不胜数的新岛，不断变化着形状、大小。可惜小岛的寿命都不会长久，一旦洪水涌来，它们就会化为乌有。

确切地说，多瑙河是在离开柏莱斯堡后才变得如此生机盎然、令人迷醉的。仲夏七月，我们驾着一叶扁舟（加拿大式的），带着吉卜赛人用的帐篷与煎锅，乘着涨水时的波峰到达了这片迷人的土地。就在那天早上，东方微微泛红，我们驾舟离开了熟睡中的维也纳。几小时后，那座美丽的城市已变成了地平线上的小点了，好似青山掩映下的一缕青烟。我们在弗希蒙德的白桦林下享用了早餐，然后就顺流而下，途经奥斯、汉堡、朋垂内尔；进入特尔森地的支流后，水势渐长。三月悄悄传来春的讯息，我们已到达了奥地利与匈牙利的边界。

小船以十二公里的时速行进，很快带我们进入匈牙利境内。泥泞的河水——洪水泛滥的迹象——不会再让我们搁浅在布满小石子的河床；汹涌的湍流、漩涡将小船撞得左摇右晃。随后，天边出现了柏莱斯堡塔的轮廓，小船立刻精神一振，像匹欢腾跳跃的神驹飞速行进，平稳地驶过弗莱杰德的低地，猛地向左一转，顺着飞沫四溅的河流纵身跃入这一片荒凉的沙质群岛。我们四处都是泥泞的沼泽与一望无际的柳林。

这一变化陡然而至，就像是影院刚刚还在播放小镇街景，突然切入丛林湖泊的图景，令人毫无准备。我们进入了一片荒芜之地，行驶了半小时，没有发现任何船只或是渔夫搭的小棚。放眼望去，四周荒无人烟，没有人类文明留下的丝毫印迹。这一远离尘嚣的国度绿柳丛生，微风习习而来，碧波荡起涟漪，别具独特魅力，令人迷醉不已。我们开玩笑时说，我们本应该申请一种特殊护照，现在却如此鲁莽，未经允许就擅自闯入这小小的如魔幻般的独立王国——这个国度只是留给有权享用者的，四处都有无形的警告，告诫那些想象力丰富的入侵者"非请勿入"。

尽管刚刚过午，无休止的狂风已将我们折磨得疲惫不堪。于是我们立刻去找了一个合适的宿营地，但这脾气怪异的小岛却不肯让我们轻易上岸；旋动的水流一会儿将我们冲向岸边，一会儿又把我们推开。我们试图抓住柳枝停船，但手都被磨破了，连沙质的河岸都似乎要被拽入水里了，还是不行。最后只能绕弯逆流而上，在飞溅的水花中终于将船头拖上了岸。我们累得一下子就躺倒在发烫的黄沙地上，喘着粗气说笑。碧空无云，太阳慷慨地播撒着浓浓的暖意，几乎都感觉不到风儿了。四周全是婀娜起舞的柳树，在阳光下熠熠生辉，好似挥舞着无数的小手庆祝我们成功登陆。

"多么不可思议的河啊！"我对同伴说道。我们六月初从黑森林的源头启程，一路上不时有浅滩出现，他不得不下船涉水。

"好了，别说了。"他把小船往沙滩拖动了一些，准备小睡一会儿。

我在他身边躺下，沐浴在清风阳光之下，欣赏着流水沙滩，无比惬意。我不禁又想起了在到达黑海之前经历的漫长旅途，多亏了我的这位旅伴，这个性格开朗迷人的瑞典人。

我们曾经共同经历了许多相似的旅行，但多瑙河与其他我所知道的任何河流都不同。它从一开始就活力四射，在松柏环绕的多劳斯西根冒出涓涓细流，一直都像富有生命力的生物不断地生长壮大。而它现在却玩起了花样，悄无声息地藏匿在这片荒凉的沼泽中了。一路上，它先是有点睡意蒙眬，后来意识到自身的灵性，顿时又波涛汹涌，小船时而被抛向浪尖，时而没入浪谷。我们不得不承认它的恢宏威力。当然这个"大人物"基本上还是非常友善的。

它已经向我们倾诉了它太多的秘密，难道还能换以别的方式对待我们吗？夜间我们躺在帐篷内听它对月清唱。它那独特的咝咝歌声据说是急速流过河床上的鹅卵石时发出的哀鸣。我们也熟知它在偶遇漩涡时会发出与先前平稳曲调迥然相异的潺潺声，流经浅滩时会有急流呼啸而过；冰水划岸时则是持续不断的撕扯声，所有声响之下其实都潜藏着阵阵轰鸣。阵雨扑面时它会愤而抗议；大风逆流吹来它会坦然而笑，却丝毫不会减速。我们熟识了它的一切声响：翻筋斗时它口吐泡沫；过桥时它水花四溅；被小山阻碍时它絮絮不休地自言自语；流经小镇时它不苟言笑，故作矜持；阳光明媚时它沉醉其中，低语绵绵。

幼年时的它，还不算是世界知名的大河，总爱玩各种各样的小把戏。它的上流发源于斯华比亚的林间，那时它还毫不知晓自己会有日后的泱泱恢宏。它时而穿过小孔隐入地下，时而又从山地另一端的石灰岩洞喷涌而出，俨然是一条新的小河，而原先的河床内却水量大减。我们不得不涉水前行，把小船拖过几英里的浅滩。

在肆意玩乐的青年时代，它最大的快乐就是隐藏不出。当阿尔卑斯山上奔涌而来的支流前来会合时，它总是拒绝它们的加盟。它们并肩前进，中间的分割线清晰可见，多瑙河根本就拒绝承认新盟友。而到了帕索山下，它却乖乖地放弃了这套小把戏，因为因河滚滚而来，其势之汹涌决不容多瑙河视而不见。

因河无比强劲地挤压着主流，在接下来的迂回峡谷中几乎没有两河并存的空间。多瑙河被推来挤去，不停地撞到峭壁，于是它使出浑身解数，奋勇前行。在这激烈的两河之争中，我们的小船颠簸难耐，受尽折磨。因河总算给了顽固的多瑙河一个教训，流经帕索山后，它不再对新生力量视而不见了。

这当然已经是好多天以前的事了。从那之后，我们又逐渐了解到这条河流其他的方方面面。穿过巴伐利亚的麦地平原，它在六月烈日的炙烤下慵懒无比，似乎只有表面几英寸是缓缓流动的水，而水下由丝织斗篷盖住的是千军万马，正慢悠悠地、悄无声息地潜入大海。

但我们还是原谅了它的怪癖，因为它对两岸的鸟兽非常亲昵友好。鸬鹚在河岸僻静处排列成行，像一排低矮的栅栏；灰乌鸦在岸边的小石子旁挤挤挨挨；远处小岛间的浅滩处有群鹳在捕鱼；天边有老鹰、天鹅和各种各样的沼泽地。鸟类振翅腾空，时而啾鸣阵阵，时而愠恼而啼。日出时分，一头小鹿嗖地跃入水中，游过船首，不觉令人一阵欣喜。我们经常能看到害羞的幼鹿躲在矮树丛后探头探脑，转弯时会发现正与一头雄鹿相互对望，真是无比惬意。狐狸在河边随处可见，它们娇美地跳跃于水上的浮木间，未及细看，它们敏捷的身影就不见了。

但现在已经离开了柏莱斯堡，一切似乎都有所改变。多瑙河也多了几分沉稳与凝重，它不再浪费时间愚弄我们了。往黑海的旅程已完成了一半，在这个陌生的国度，它的花样与把戏将无用武之地。它似乎突然成熟了许多，令我们的敬意油然而生，抑或是敬畏。它分作了三股支流，要到一百公里后才能会合，这让我们的小船有些无所适从。

"如果你们沿旁边的河道航行，"我们在柏莱斯堡购物时遇到的一位官员说，"当洪水退去时，你们就会发现自己被困在干旱的高地上，方圆四十英里都没有农场、渔人，什么都没有。你们可能会挨饿，最好不要再继续航行了。河水还要上涨，风力也会越来越强。"

河水的上涨一点也没令我们慌张，但倘若洪水突然退下，我们就将被困在四处无人的高地，这倒是比较麻烦了，于是就多储备了一些必需品。后来，那位官员的预言果然应验了。晴空乌云，风力愈来愈猛烈，让我们充分体验了大西风的威力。

这次我们扎营比往常要早，太阳还有一两个小时可在地平线上徘徊，我的朋友仍去沙滩上酣睡。我四处转了转，查看了一下"旅馆"的环境。我发现这小岛方圆不足一英亩，沙质的河岸立于水平线上两三英尺。小岛的另一端在日落的方向，狂风吹落了水波的顶戴，扬起碎浪片片，随风飞舞。小岛是三角形的，顶点正对着河面。

我默然独立了一会儿，看着猩红的巨浪咆哮着汹涌而来，猛烈地冲击着河岸，似要将它席卷而去，然后旋动着分作两股激流，地面在这震动下微微颤抖。随之而来的狂风令群柳乱舞，不由令人感觉似乎整座小岛都在移动。此后的一两英里，我看到巨浪一泻而下，似乎是从山峰的陡坡滚滚而来，泡着白沫，在阳光下欢呼雀跃，波光点点。

这岛上大部分地区都是密柳丛生，几乎无法通行，但我还是设法游览了整座小岛。在地势较低的地方，光线不足，河水显得晦暗阴郁。不时有风吹来，扬起片片浪花，夹杂着泡沫，依稀可见。在短短一英里内，河流清晰可辨，在群岛前起伏跌宕，忽而随着一阵巨浪潜入密柳丛中。无数的柳树将这河包得严严实实，就像太古时期的一群古生物挤至河边饮水。我不禁觉得这些柳树像块巨大的海绵，正将整条河吸入自身体内。它们似乎放出了无可胜数的巨兽，要将河水一吸而空。

这的确是一幅令人难忘的景象，体现了无比的荒寂与古怪的寓意。我久久凝视着这一切，心中充满了好奇，正当我沉浸在这狂野之美中，内心深处突然泛起一种莫名的躁动，或是恐慌。

上涨中的河水也许是一种不祥之兆：现在处于我面前的许多小岛，也许明天就会被洪水淹没。这无可抗拒轰鸣而来的洪水触动了我心头的敬畏，但是我意识到我的不安不仅仅是由于对洪水的畏惧与惊叹，我感觉不是这样。这不安也不是来自呼啸而过的飓风，狂风怒吼着卷起无数的柳树，将它们像草料似的遍撒于地；风儿似乎陶醉于对群柳肆意发威，地面上没有任何力量能与之抗衡。我不禁也分享了它嬉戏时的喜悦与激动，而那种奇怪的不安感却与风儿毫无关系。我只是模模糊糊觉得颇为伤感，根本无法究其来由或做出适当的反应。然而弥漫于四周，来自自然界无可束缚的神力，确实令我觉得自身是何其的微不足道。这种自惭形秽的渺小感，似乎与我莫名的不安、伤感多少有些联系，而这汹涌澎湃的大河也令我隐隐感觉不快。我们曾徒劳地与之抗争，事实上，在如此宏大的自然力面前，人们只能孤独无助地度过一个又一个白天与黑夜。目睹自然界恢宏博大的神力相互较量，这的确让人浮想联翩。

我一直认为我的这种情绪与这岛上的柳林密切相关。极目远望，到处都是它们的领地，它们绵延不断、密密麻麻地将河流团团围住，似乎要令河流窒息而亡。夜空下，它们整肃成行，似在观望，又像在聆听抑或是在期待着什么。这些柳树与我的抑郁不安有着微妙的联系，它们像挥之不去的浓重阴影占据了我的头脑，在我的想象中代表了一种强大的新生力量，一种对我们毫不友善的力量。

伟大的自然景观总会以某种方式给人以深刻印象，我对由景而发的种种心绪并不陌生。群山使人敬畏，海洋令人恐惧，而广袤的森林则独具特殊的魅力。而所有这些情绪，从某种意义上看，都与人类的生命体验密切相关，都是令人兴奋的。即使是惊恐之情，也是可以被理解的。

而被这些密密的柳丛激发出的情感却是完全不同的，一种发自内心的敬畏被唤醒，却又带有蒙眬的恐惧。举目望去，整座小岛柳林密布，树影婆娑。纤长柔韧的柳枝在风中狂舞不已，似在向我发出讯息：我们是不受欢迎的入侵者。我们不请自来，进入了异类的国度，也许危险就要来临！

这种感觉当时只是隐隐存在，还未使我过分地恐惧不安，但它却从未再消失。即使当我在狂风中搭帐篷或是生火烧水时，它都一直萦绕在我的心头，令我困惑不已，再也无心享受野外露宿的惬意。但对我的同伴，我却未吐露只言片语。他一向缺乏想象力，不会理解我的这种奇怪感觉，而且有可能会对此嗤之以鼻。

立于小岛中央地带，略有些压抑，我们在这儿安营扎寨，周围的柳树可以稍稍挡住强劲的风势。

"倒霉的营地，"瑞典人看着刚搭好的帐篷说道，语气中透着沉稳、镇定，"这里没有石头，柴火也少得可怜。明天一早就出发，怎么样？帐篷搭在沙地上一点都不牢固。"

以前帐篷曾在半夜里散架过，给了我们不少教训。这次我们尽可能把帐篷收拾得既舒适又牢固，然后再去四处收集木柴烤火。柳树不会落下什么枝丫，所以小河上的浮木是唯一的来源，我们沿着河岸仔细地收集着。洪水渐涨，水流过处浪花飞溅，嬉笑间就把河岸卷走了一大块。

"这岛比我们刚上岸时小多了，"瑞典人一向观察得很准确，"照这个速度，这岛支撑不了多久。我们最好把小船拖到帐篷旁，随时准备出发，我今晚可得穿着衣服睡。"

说笑间他走开了。"啊！"突然我听见他惊叫一声，急忙赶过去察看，但柳树将他遮得严严实实，我根本找不到他。"这到底是什么？"我听到他又叫了起来，声音中透着惊恐不安。我快跑过去，在岸边找到了他。他盯着那条河看，指着水里的什么东西。

"上帝啊，是一个人的尸体！"他大叫道，"快看！"

一个黑乎乎的东西，在泛着白沫的水中翻滚，时而浮出水面，时而没入水中，距河岸大约二十英尺，似乎正对着我们。它翻转过来时，眼睛在落日的映照下，熠熠生光，略微有点泛黄，突然它"嗖"地钻入水中，眨眼间就不见了。

"上帝啊，是水獭！"我们同时舒了口气，大笑起来。

确实是只水獭，活的，刚刚还在捕食，但它看上去的确像一个溺死的人在急流中无助地打转。那水獭又浮出了水面，我们看到了它黑乎乎的表皮，湿漉漉的，在阳光下闪闪发光。

正当我们抱着木柴返回营地时，又有东西把我们召回到河岸。这次真的是个人，一名泛舟河上的男子。一叶扁舟会出现在汹涌澎湃的多瑙河上，而且是在这荒野之地、河流涨水之时。这太出乎意料了，简直是不可能的！我们站在那儿，瞪大眼睛看。

不知是由于夕阳的斜照，还是水面上的点点波光，我发觉很难看清那个飘然而来的幽灵，似乎是一名男子立在小船上，用一柄长桨掌舵，在河的对岸急速划过。他看起来在朝我们这边张望，但天色已晚距离又远，无法看清他到底在做什么。他似乎在朝我们打手势，一边还气急败坏地大吼着，但喊叫声全都被淹没在了风中，我们一个字也没听到。这一切都是如此奇怪——男子、小船、手势、喊叫——令人感到莫名其妙。

"他在画十字！"我大叫道，"看！他正在胸前画十字！"

"我想你是对的，"瑞典人说着用手搭于眉前，看着那男子远去。那人似乎瞬间就消失了，融入一望无际的柳树丛中。柳树被夕阳映照得红彤彤的，分外瑰丽。薄雾升起，一切都被蒙上了轻纱。

"但是天色这么晚了，河水还在上涨，他划船到这儿究竟是想做什么？"我像是在自言自语，"他这时候要往哪儿去？又比画又喊叫，是什么意思呢？你觉得他是不是想要提醒我们什么？"

"他看到了我们的篝火正冒着烟，大概以为我们是鬼魂吧，"我的同伴大笑道，"这些匈牙利人最迷信了，你还记得柏莱斯堡的那个女店员吗？她说没人会在这边上岸，因为这儿属于人类社会之外的另一个世界！我想他们相信鬼、神及自然力。那小船上的农夫肯定是生平第一次看到岛上有人。"他顿了一下，又说道，"他吓坏了，如此而已。"

我同伴的解释并不令人信服，而且他的举止神态也缺乏了往日的沉稳、自信。他一开口我就注意到他的变化，但也无法确切说明究竟是哪儿变了。

"如果他们的想象力足够丰富！"我哈哈大笑着说，记得我是尽可能地笑得异常响亮，"他们会认为这岛上住的都是古代的神明。古罗马人肯定曾在这岛上出没过，种植了这片神树，并把这儿敬奉为神明与自然力居留的圣地。"

这个话题就此打住，我们转而侍弄炖锅，因为我的朋友一向不太喜欢在谈话中投入丰富的想象。而且，记得那时我对此还很高兴。他一直都比较沉稳，讲究实际，这令我颇觉安慰。他的品性一直令我敬佩：他能在汹涌急流中划独木船过险滩漩涡，胜过我听见过的任何一个白人，简直和印第安人一般勇敢无畏，技艺娴熟。他真是冒险之旅绝好的同伴；当不幸降临时，他就像力量之塔可以依靠。他抱着硕大的一堆木柴缓缓而行，而我只能拖动一半的木柴。看着那张坚毅的脸和微微卷曲的头发，我感觉到一丝庆幸。是的，我真高兴这瑞典人有这样的性格，说话简洁明了，从未有什么言外之意。

"河水还在上涨，"他喘口气把木柴放下来，仿佛想到了什么，"如果再继续涨水，这小岛两天后就会没入水中了。"

"我希望风势能减弱，"我说，"我倒是一点儿也不在乎这河会不会涨水。"

洪水不会令我们有丝毫的惧怕，我们十分钟之内就能整装待发，而且水越多越好，因为上涨的急流会淹没一些石质的河床，我们的小船就不会再被河床上的石子划破或凿穿了。

然而，与我们期待的恰恰相反，风势并未随着夕阳的隐去而减弱。天色越暗，风力似乎越强劲，狂风在我们头顶怒吼，把四周的柳树吹得像稻草般脆弱无助。伴随着风声，有时还有一种奇怪的声响，像是轰隆隆的炮火，带着巨大的威力落在小岛上及周围的水域里。我不禁想起了行星在宇宙间运行的声音，应该就是这样的。

夜空中没有一丝云彩，一轮满月自东方升起，皎洁明亮的月光洒满了河流与柳林，而柳树仍在狂风的肆虐下呼号。

晚饭后，我们坐在篝火旁吸烟，聆听着夜间的声响，愉快地谈论着先前的旅行与以后的打算。我们在帐篷前铺了张地图，但风太大没法看图，我们只好把灯笼熄了。篝火的亮光足以照亮我们，让我们能看清对方，不时它还飘出点点火星，像焰火一般动人。几码之外，河流还在欢唱，偶尔会有"哗"的一声巨响，宣告又一块河岸被卷入水中。

我注意到我们一直在谈论以前在黑森林露宿的一些情景、琐事，或是其他与现在情景毫不相关的话题。我俩似乎达成了无言的协议，都避免谈到今晚发生的一切，比方说，两人谁也没有提到水獭或是小船上的人，尽管这些才应该是引人注意、颇具谈资的话题。

不管我们坐在哪儿，风总是将烟吹向我们，而且还加速了木柴的燃烧。木柴不够了，两人不得不轮流去找。而瑞典人回来时并未带回很多木柴，这让我觉得他耽搁了过多的时间，而事实上是因为我不喜欢一个人待在暗处，而且好像总是轮到我去找木柴。我不得不在黑魆魆的树丛里、滑溜溜的河岸边费力地搜索着小木片。白天与狂风恶浪奋战了一整天，我们已经筋疲力尽。早早睡觉是最好的安排，但我俩都没朝帐篷挪动，仍然躺在篝火旁，不着边际地闲聊着，不时看看四周茂密的柳林，耳边尽是呼呼的风声、隆隆的水响。这小岛的荒凉孤寂已潜入我们内心，沉默应该是最自然的表现。过了一会儿，谈话变得极不自然，耳语似乎才是最合适的交际方式。我发觉在这自然力的狂吼中，人类的声音显得很荒谬、矫情，就像是在教堂里大呼小叫一般不合时宜。

这座孤岛是如此阴森怪诞：绿树遍野，狂风呼啸，四周还有急流汹涌环绕，我们两人都为之触动。这一片无人知晓、无人涉足的土地，静静地躺在月光下，远离人类文明的影响，却位于另一个世界的前沿——一个异类的世界，一个长满了绿树、充斥了绿柳之魂的世界。而我们居然如此鲁莽，如此胆大妄为地入侵了异类的世界！由它的神秘之力所引起的种种感觉在我的心头躁动不止，我们静静地躺在沙地上，脚对着篝火，透过叶缝看闪闪的繁星。我最后一次站起来去找柴火。

"这些烧完时，"我坚定地说，"我就会回来的。"同伴懒洋洋地看着我走进四周的阴影。

对于像他这样缺乏想象力的人，他今晚的感知力是出奇的敏锐，对事物的含意似也有所领略，他同样也被这小岛的荒凉之景深深打动了。记得我对他的这些变化一点儿也不高兴，我并没有马上去收集木柴，反倒朝小岛的最远处跑去，那儿月光更亮，河流、小岛都能一览无余。我突然有种冲动，想要一人独处，而先前的那种恐惧感又出现了。我模模糊糊地觉得将要独自面对些什么，并要探究得一清二楚。

当我到达浪花环拥的沙质尖角时，荒野符咒般的魔力降临了，并不仅仅是令人触景生情，而且还带来了莫名的恐慌、惊惧。

河水汹涌奔腾，狂风无休止地呼号，柳树似在软语呢喃。这一切都激起了一种难以名状的伤感，尤其是岛上的柳树，它们喋喋不休地低声私语，忽而笑语绵绵，忽而尖声呼叫，间或还有几声叹息，愈发增添了小岛的诡秘、怪异。这与我熟悉的自然景物截然不同，不禁令我想起异类国度中那些奇异的生灵。柳树急匆匆地簇在一起，摇晃着树梢，似在谈论不为人知的玄机。即使没风的时候，无数的叶片也在不停地转动。它们似乎能够随意行动，还以一种神秘莫测的方式，触动了我敏感的神经，令我恐慌不已。

它们在月光中凛然而立，像一支锐不可当的大军，将我们的营地围得密不透风。片片柳叶泛着淡淡的银光，像是无数柄长矛，随时准备发起进攻。

有些地方颇具灵性，它们或是欢迎，或是拒绝游人的宿营。起初由于忙着搭营、煮饭，游人们一般不会有所觉察。但往往在晚饭后，稍作休息时，就能立刻感觉到这些讯息，正如我现在已经明白无误地领会到我们是不受欢迎的，我们是擅自闯入这座绿柳遍野的小岛上的不速之客。

一种不寻常的感觉渐渐在我心头涌起——我们到达了神秘地界的前沿，我们的出现是不合时宜、倍遭厌恶的。一夜逗留也许还能被容忍，而过长的滞留是绝对不被允许的！荒野与柳林之神在说："不！不行！"我们是首次在岛上出现的人类，而遍布全岛的柳林不欢迎入侵者。这些不知从何而来的奇思怪想在我头脑中深深扎根；我甚至想到，整片柳林可能会瞬间变成活物，在它们神明的带领下，把我们这两名入侵者毫不留情地赶出领地！我越看越觉得柳树实际上都在移动，悄悄地集结成军，还稍稍后撤了一些，仿佛在等待契机。一旦狂风骤起，它们将立刻发动进攻。我敢发誓，它们的形态确实发生了变化，愈加紧凑地聚在一起了。

夜空中传来一声鸟鸣，尖利而又哀怨。突然巨浪袭来，我脚下的那块河岸"哗"的一声被卷入水中。我几乎站立不稳，踉踉跄跄地后退了几步。接着我开始在沿途找寻木柴，一边暗笑自己居然会有这么多荒诞不经的怪念头。我想起了我的瑞典同伴，他说过他想第二天就出发，现在对此我是完全赞同的。我一转身，突然发现他就在我面前不远处，怒吼的狂风与拍岸的流水盖住了他的脚步声。

"你离开的时间太长了，"他在风中冲我大吼，"我还以为你出了什么事。"

但是他的口气与表情却分明告诉我并非仅仅如此。突然一个念头闪过，我明白了他过来的真正原因。因为这地方符咒般的魔力也触动了他的灵魂，他不愿意一个人待着。

"河水还在上涨，"他手指着洪水大喊道，"这风也太可怕了。"

他只是重复了这些说过的话，但言语中分明流露出对孤独的惧怕与对同伴的渴望。

"还算幸运，"我大声地应答，"我们的帐篷搭在山谷，我想应该还能顶得住。"接着我又说找木柴是如何困难，所以才会出来这么久，但呼啸而过的狂风将我的话全都抛入河中，他什么也听不到，只能透过密密的柳枝看着我，频频点头。

我们回到篝火旁，把火拨旺了一点，又在营地四周察看了一番。倘若没有猛烈的狂风，火堆一定会令我们热得难受。我把这想法告诉了同伴，而他的回答却异常古怪。在炎热的七月天，他宁愿忍受酷热，也不愿被"这可恶的怪风"折磨。

夜里一切都被安排妥当：小船被倒扣在帐篷旁，两支黄色的木桨被压在船下，满满一包补给品被挂在一棵树上，餐具也已洗净收好，以备早餐之用。

我们用沙子将篝火熄灭，转身进了帐篷。门帘被撩了上去，帐外的景物在皎洁的月光下一览无遗。繁星点点，茂密的柳林在随风舞动，我们舒适整洁的小帐篷一再经受着狂风的肆虐。睡意渐渐袭来，我进入了甜美无忧的梦乡。

突然，我发现自己醒着躺在沙地上，正透过门口往外张望。扫了一眼被钉在帐篷上的手表，借着月光看出已过了十二点，新的一天已经开始了。我大约睡了两小时，瑞典人仍在我身旁熟睡，狂风与先前一样怒吼不休。我的心头猛然一阵抽动，觉得异常恐惧，似乎是周围的某个事物令我分外不安。

我立刻坐起向外看，柳树在暴风的袭击下狂舞不止，但我们的小帐篷却在山谷中安然无恙。大风在此处未受到顽强的抵抗，因此对它格外仁慈。然而，我的不安却没有丝毫减退，于是我悄悄地爬起来去查看我们的东西。我尽量轻手轻脚，以免吵醒同伴，这时我心头突然涌起一种莫名的兴奋。

我几乎是手脚着地,轻轻爬出去的,第一眼看到的是对面的树丛。挨挨挤挤的叶子在不停地颤动,树梢上似乎有些奇怪的东西。我半跪下来,瞪大眼睛细看,真是难以置信,但对面的柳丛中的确有些模模糊糊的东西。随着树枝的摇曳,它们聚集起来形成各种不确定的形状,在月光下不停地变换。这些东西就在眼前五十英里处。

我最初的本能反应是叫醒同伴,或许他也能看到,但转瞬间我又犹豫了,大概是突然意识到自己并不想确认这些,我依然蹲伏着,一眼不眨地看着。当时我非常清醒,记得还对自己说,这不是在做梦。

我最初是在柳树梢间看到这些东西的——体积庞大,呈青铜色,正缓缓地移动着。后来我镇定下来,开始仔细察看。我清楚地看到它们比人的体格要大得多,而且外形表明它们不可能是人,也不可能是月光下重叠的树影。只见它们源源不断地涌出,飘向天际,一触到漆黑的夜空就消失了。它们相互交织盘结,庞大的躯干与四肢融入邻伴的体内形成一个硕大的柱状体,逶迤盘旋,绵延不断,似与柳枝的迎风狂舞相呼应。它们身无片缕,形状不定,仿佛是从叶片中冒出,向空中飘去。我一直没能见到它们的脸,只看见它们的皮肤上带着发暗的青铜色。

我瞪大了眼睛,不愿放过每一个细节,起初我以为这不过是个幻象,随时会消失,或融入茂密的柳林,于是四处察看以证实事物的真实性。

突然我明白了，真实的标准已经改变了。我观察得越久，就越确信它们是真实的活物，只不过判断的依据与摄影师及生物学家坚持的标准略有不同罢了。

我在精灵出没的远古之地见到了自然力人格化的显现，一种前所未有的敬畏与惊叹油然而生。我们的出现是一切不安情绪的根源，我们的入侵激活了神秘的原始之力。我不禁想起数不胜数的神鬼传说，想起从古至今被人尊崇敬畏的各类精灵、神明。还未能从故事传奇中找到可能的解释时，一种莫名的力量已驱使我站起来继续前行。我感觉到脚下的沙地暖暖的，风儿吹乱了我的头发，奔流的河水在耳边轰响，这一切都是真的，我的感官没有任何问题。然而我还是看到在对面的树丛中，它们正无比优雅地盘旋着升入天际，绵延不断，颇为壮观，静默中透着无可抵御的神力。我不由得肃然起敬，几乎要顶礼膜拜。

突然一阵狂风将我吹得站立不稳，也驱散了我的奇思怪想，至少我开始有了新的看法。那些身影仍然存在，在漆黑的夜色中汇入天际，但此刻我的理性已占了上风。我试图说服自己这只不过是一种主观的体验，尽管也有真实的成分。月色朦胧，树影婆娑，所以我不由自主地将主观想象与客观存在混为一谈。对，肯定是这样。我鼓起勇气，继续沿着这开阔的沙地前行。不过，这难道都是幻觉，抑或是主观臆想？我难道不是以世俗的标准进行着无用的推断？

我只知道那些庞大的身影正绵延不断地飘向夜空。按人们熟悉的现实中的标准衡量，这似乎持续了很长时间。然后它们突然消失了！

我心中的崇敬、赞叹也随之飘然而去，恐惧感趁机袭来。一想到这小岛如此的荒寂、诡秘，我不禁连打寒战。我恐慌万分地四处张望，试图寻找逃路，但随即意识到是在白费力气，只得悄悄地爬回帐篷躺下。我把门帘放下，挡住月光下晃动的柳树。后来又把头埋在毯子里，不敢听呼啸而过的可怕风声。

记得当时我烦躁不安、辗转反侧，过了好久才入睡，这足以证明刚才不是在做梦。我一直没有完全熟睡，大脑中仍有一部分保持清醒，而且相当警觉。

突然恐惧将我惊醒，这次不是由于风声或水流声。是有什么东西在缓缓向我逼近，突然又消失了。我发现自己僵直地坐着，屏息聆听。

外面有一种啪嗒啪嗒的声音，肯定早就响起了，一直未曾间断，只不过我是在睡梦中刚刚听到。我紧张不安地坐着，分外清醒，似乎根本就未睡着过。好像有很重的外力压在我身上，我有点透不过气。尽管是在炎热的夏夜，我却觉得身上又黏又冷，直打寒战。肯定有什么东西在向帐篷四周逼近，是呼啸而来的狂风、啪嗒啪嗒的雨点、哗啦哗啦的落叶，还是河里被风卷起的水花？我头脑中飞速闪过一系列的猜测。

突然我想到了答案：是那棵柳树，岛上唯一的大树，被狂风吹折了树枝。断枝被其他枝丫挂住了，叶子正好搭在了帐篷上，沙沙作响。它随时可能被风吹落，砸到我们。我急忙掀开门帘冲出去，一边叫着同伴跟上。

但我跑出去却发现帐篷安然无恙。没有悬在半空的枝丫，也没有雨点或水花，什么也没有。灰白清冷的亮光透过树缝照在沙地上，夜空中仍旧繁星点点，风势也没有丝毫减弱，但火堆上已没有了热气。透过树缝可看到东方已微微泛红，距我看见那些怪物已过了几小时，此刻想起，简直像噩梦一般可怕。噢，这无休止的狂风弄得我筋疲力尽。尽管一夜无眠，心头的焦虑不安却让我根本无法安睡。我看见河水又上涨了，水流奔腾轰鸣，些许水花还溅到了我的睡衣里。

但还是没能发现究竟是什么引起了我的惊恐不安。这种情绪一直留存心底，却找不到任何缘由。

我刚才叫同伴时，他没有任何动静，现在也没必要喊醒他了，我仔细地四处察看：小船仍被倒扣着；两支黄色的船桨，一支也没少；装补给品的袋子与灯笼都在树上挂着；四周是挨挨挤挤的柳林，随风摇曳，无边无际。耳边传来一声鸟鸣，一队野鸭在晨曦中振翅而飞。沙子在风中打旋，又干又硬，扎痛了我的光脚板。

我在帐篷四周转了一圈，又朝树林走去。这样我可以隔河看到远处的风景，到处是密密的柳林，无边无垠，一直延伸到天际。在黎明的微光下，像鬼魅一般朦朦胧胧。那种浓重的难以言状的不安再度袭来。我悄悄地往四周走动，仍然对那啪嗒啪嗒声困惑不解，到底是什么压在帐篷上惊醒了我？肯定是风——呼啸而过的大风——卷起地上的疏松沙粒，重重地砸在了帐篷上。

但那种莫名的不安却愈加明显了。

我走到远处察看。河岸线在夜里有了新的变化，不知又有多少沙质的河岸被卷入河底。我蘸了点清冷的河水，洗洗额头。空中已现出一抹清晨的阳光，新的一天到来了。在返回的路上，我特地经过了夜里看见那些怪物升空的地方。立在树丛中，我突然感觉万分恐惧，几乎不能自持。只见树影中，一个庞大的身影一闪而过。

强劲的风力推着我跟跟跄跄地继续前行，而一走出树丛，恐惧感就奇怪地消失了。"刚才大概是风在树影中穿梭吧。"我自言自语道。萦绕心头的恐惧是如此浓重，挥之不去，而且还激起一种敬畏与惊叹之情，我以前从未有过这种体验。我走到了小岛中央的一块高地，从那儿能俯瞰宽阔、奔腾的河流。初升的太阳将河水染得红彤彤的，美得令人着迷，带有难以名状的魔力。一种原始的冲动骤然而起，我想放声大喊。

未及喊出声，我的视线已从远处壮美的河流移向近旁的小岛，猛然发现帐篷已被柳树团团围住,几乎看不见了。我不由得毛骨悚然。相形之下,刚刚在风中独行时的恐惧,已不值一提。四周的环境已发生了变化,并非因为我站在高处变换了视角,而是柳树与帐篷之间的距离确实有了明显的改变。柳树丛愈加紧凑地挤在一起,令人感觉无比压抑,它们的确离帐篷更近了。

柳树似乎在昨夜悄无声息地在沙地上滑动,步步紧逼营地。是风吹动的?还是它们自己在移动?我想起了那阵啪嗒啪嗒声与帐篷上的重压,还有将我从梦中惊醒的恐惧。狂风袭来,我像棵树似的左右摇晃,很难在沙地上站稳。四周气氛异常紧张,充满了挑衅的敌意,仿佛有个密探潜伏在近旁,我几乎被自己吓呆了。

我竟然会有如此怪异的想法,真是荒唐可笑,未及笑出声,一个新的可怕念头闪过,令我愈发恐慌不安:即将到来的危险并非要伤害我们的身体,而是要搅乱摧毁我们的心智。

风力愈发猛烈,吹得我摇来晃去。刚过四点钟,太阳就已露出了地平线。显然我已在这个小高地上逗留了较长的时间,实在害怕与那些柳树为邻,我蹑手蹑脚地返回营地,又仔细地察看了一番。我以步幅丈量出沙地上柳树与帐篷间的距离,尤其记下了最短的距离。

我悄悄地钻回毯子里。我的同伴看上去仍在酣睡,这令我很高兴,因为只要是我单独经历了这些,天一亮我就能劝服自己——这一切不过是夜间的奇思怪想，是因为过度兴奋导致的主观幻觉罢了。

我疲惫至极，几乎倒下就睡着了，再也没有什么来烦扰我。但我仍然害怕听到那持续不断的啪嗒啪嗒声，或是再受到那令我呼吸不畅的重压。

太阳已高悬空中。同伴将我从熟睡中唤醒，告诉我粥已煮好，我可以先去洗澡，熏肉的香味已飘到帐篷口。

"河水还在上涨，"他说，"有几处小岛全被淹没了，我们的这座岛小多了。"

"还有木柴吗？"我睡意蒙眬地问道。

"这岛明天就完了，"他笑了，"不过我们还有足够的木柴支撑到那时候。"

小岛的确一夜之间形状大改，我走到小岛尽头，猛地扎进河里，一下子就被冲到对岸了。河水冰冷，流速很快，两岸的景物就像乘快车时看到的一样，飞快地后退。在河里洗澡真是无比惬意的享受，河水似乎能将昨夜的恐惧全都冲走。阳光很强，空中没有一丝云彩，但风力却没有丝毫减退。

突然我想到瑞典人的言外之意，"足够支撑到明天。"他认为我们应在这岛上再留一晚，他改变了主意，不再急着离开了。这真是有点奇怪，前一天晚上，他分明还持恰恰相反的意见，是什么使他改变主意了?

早餐时,河流又开始了新一轮的进攻,巨浪阵阵,水花飞溅,河岸已溃不成军。我的旅伴滔滔不绝地谈起这洪水会给维也纳的汽船航行带来多少困难,但他的兴奋劲儿远比河水的上涨与汽船的航行更令我感兴趣。从前一天晚上起,他似乎就有了些变化。他的神态不太对劲儿,带有几分兴奋,几分羞涩,连他的声音与手势也与往日略有不同。我几乎不知道该如何准确地去描述这一变化,但我却确信一点——他受到了惊吓。

他早餐吃得很少,甚至连烟也吸得少了。他把地图在身旁摊开,开始研究上面的标记。

"咱们最好一小时后就出发。"我说,想引他承认点什么。

没想到他的回答却令我极不自在,"我倒想出发!如果它们愿意放我们走。"

"谁愿意放我们走?自然力?"我随即问道,尽量装得若无其事。

"这个可怕地方的神秘之力,我也不清楚,"他答道,眼睛还盯着地图,"如果这世上真的有神,那它们就在这儿。"

"自然力是真正永生不朽的。"我故作自然地大笑道,但当同伴神色严峻地抬眼看我时,我清楚地知道我的脸色已泄露了我的真实感受。

"如果不再有新的灾难,我们能顺利逃脱就太幸运了。"瑞典人说道。

这正是我所惧怕的,却也是我自己挑起了这个话题。就像病人百般无奈地同意医生拔除牙齿,我最不愿正面谈论的问题还是被提出了。

"新的灾难!怎么了?发生了什么事?"

"第一件,船桨不见了。"他平静地答道。

"船桨没了!"我吓了一跳,我们可得靠船桨掌舵,在多瑙河的洪流中没舵行船无异于自杀。"但是怎么会——"

"还有,小船的底部有个裂缝。"他又说道,声音有点儿颤抖。

我瞪大眼睛盯着他看,傻傻地重复了一遍他的话。骄阳似火,坐在灼热的沙地上,我居然感觉四周像冰冻一般寒气逼人。他表情沉重地点了点头,朝帐篷旁走去。我站起来跟着他,小船仍扣在那儿,和我夜间看到的一样,船旁的两支木桨却只剩下一支。

"这儿只有一支了。"他说着弯腰捡起那支木桨,"喏,你看,船底还有裂缝。"

我想告诉他几小时前我分明还看到有两支船桨,但话到嘴边,又被咽了回去。我什么也没说,只是跟上前察看。

小船底部有一条狭长的、切割整齐的裂口,正好有一条木片被划掉了,看上去极像是被岩石的利齿所肆虐的结果。再仔细一看,小船在这裂口处已被凿穿了。如果我们一无所知,驾船出海,肯定会遭灭顶之灾。最初船木见水可能会膨胀,补上裂口,但河水将逐渐渗入,小船很快就会不堪重负沉入河里。

"看呀,它们想索要一个祭品,"他像是在自言自语,"或者说是两个祭品。"他又加了一句,说着弯腰抚摸着裂口。

我吹起了口哨——当我迷惑不解时,就会不由自主地吹口哨——故意不对他的话做出任何反应。我认定那些话荒唐至极。

"昨晚还没有裂口。"他说着直起身四处看看,却故意躲避我的目光。

"这裂口肯定是在我们上岸时划的,"我停下吹口哨,"那些石头着实很尖。"

我陡然打住话头,他转过身直视着我。我和他都意识到这解释很荒谬,靠岸的地方根本就没有石头。

"那这个你又该如何解释呢?"他把船桨递给我,指着那扁平的宽面问道。

我接过来仔细看了看,一个奇怪的新发现令我倒吸一口冷气。船桨的宽面似乎被人用砂纸打磨过了,变得非常轻薄,不堪一击。

"没准是我们两人中的一人梦游时干的,"我的口气远不如刚才那样强硬了,"或者是大风不停地卷起河水打磨薄的。"

"啊,"瑞典人低声笑着走开了,"你什么都能解释,对吗?"

"风把船桨也卷起来了,正好落在堆积的沙流旁边。"我冲他大喊起来,试图把他发现的任何事情都解释清楚。

"我明白了。"他回头冲我喊道，一会就没入柳林不见了。

独自一人面对所有这些令人困惑的东西，我的第一个反应是："肯定是两人中的一人干的，当然不是我。"但定神一想就明白，不论是我还是他都不可能做这样的事，我的同伴已跟我同游多次了，很值得信赖。另外一个猜测就是一向平稳、不受干扰的自然力突然变得疯狂起来，这解释也同样很荒谬。

阳光灿烂，周围的景致透着原始、野性之美。我却一直忐忑不安，最令我心烦的是同伴显示出一系列奇怪的变化。他变得胆怯多疑，神经兮兮，注意到了什么却又缄口不言，似乎在密切关注着什么神秘事态的发展，或在等着他所预料的高潮即刻来临。我真不知道自己怎么会冒出这样的想法。

我急忙察看了帐篷四周，发现夜里测量的柳树与帐篷间的距离没有变化，但在沙地上却发现了大大小小盆状的洞，深浅不一，或像茶杯，或像大碗。毫无疑问，是狂风造出了这些微型的火山口，船浆的移动、变化肯定也是风的恶作剧。小船上的裂口是唯一令人费解的事，姑且就认为是登陆时被利器划的。我对河岸察看了一番，并不能证实这个猜测，但我还是以仅存的一丝"理智"说服自己坚持这观点，尽管接二连三的怪事已令我颇为怀疑自己的头脑。不论怎样，某种形式的解释是绝对需要的，正如人们对宇宙的种种解释，不论那是如何荒谬，对于每一个人的幸福都是必不可少的——帮助他们履行职责,成功地面对生活。这个比喻此时对我而言是何等的恰当。

我开始融炼沥青,瑞典人也立刻加入进来,即使风平浪静,补好的小船也无法在现在就安全出航。我漫不经心地将他的注意力引向沙地上的小洞。

"哦,"他说,"我知道了。这在岛上到处都是,毫无疑问,你肯定能解释为什么。"

"当然是风,"我毫不犹豫地答道,"难道你没见到过街上有时刮旋风,将所有的东西都卷到一个圈儿内?这沙地太松了,自然就会旋出洞来。"

他没应答,我们俩静静地工作了一会儿。我不时偷偷地瞥他一眼,感觉到他也在看我。他好像一直在专心地听着什么,而我却听不到,大概是在听他期待的什么声音吧。而且他老是向四处看:一会儿盯着柳丛;一会儿仰头望天;一会儿又隔着树间的空地朝对岸看。但他什么也没对我说,我也没问。这会儿,他开始用沥青补那只破船,娴熟的技艺丝毫不亚于印第安人。我很高兴看到他专心工作,因为我总有一种模模糊糊的恐惧感,害怕他会说起柳树的变化。如果连他都看到了,那么我就无法凭想象编造解释了。

过了好长一阵,他又开始说话了。

"真是件怪事,"他急匆匆地说,似乎想说点什么,又想一句带过,"真怪,我是指昨晚看到的水獭。"

他的话令我吃了一惊,我根本没想到他会谈到这个。我猛然抬头看了看他。

"这说明这个地方有多么荒凉。连水獭都特别害羞——"

"我当然不是这个意思,"他打断我,"我的意思是——你以为——你当时真的认为那是只水獭?"

"上帝啊,难道还能是别的什么?"

"你知道的,是我先看见的。最初它好像比水獭要大得多。"

"你是朝上游看的,落日将它放大了,或者是有别的什么原因。"我答道。

他神情迷茫地看着我,似乎在想别的事情。

"它的眼睛是一种非常奇怪的黄色。"他又说道,像是在自言自语。

"那也是太阳照的,"我故作轻松地笑道,"我觉得接下去你又该想起小船上的那个男人——"

我猛然刹住了话头。他又在凝神聆听了,脑袋对着风向,是他的表情让我戛然而止。过了一会儿,我们继续闲聊。显然他没注意到我刚才说的半句话,但五分钟后他又抬头看着我,表情异常严峻,手里的沥青还冒着烟。

"如果你想知道,我刚才想的是站在那船上的到底是什么。我记得当时我认为那不是人,因为那船像是从水里突然冒出来的。"

我又冲着他哈哈一笑,但这次我明显感觉到自己的笑声里流露出愤怒与烦躁。

"听着,"我大叫起来,"这鬼地方已经够奇怪了,我们不要再去胡思乱想了!那船就是普通的船,船上的人也是普通的人,当时他正划船飞速顺流直下,那水獭也就是只普通的水獭,别再有那些蠢念头了!"

他镇定地看着我,依然是神色凝重,却没有一丝的恼火。从他的沉默中我汲取了勇气。

"看在上帝的分上,"我接着说,"别再装作听到了什么,这样会让我很紧张。其实什么声音也没有,除了水流声和这该死的呼呼风声。"

"傻瓜!"他压低了声音,颇为惊讶地说,"你可真蠢啊!所有的牺牲品都是这样说的,其实你心里和我一样明白!"他冷笑了一声,带着一丝轻蔑与无奈,"现在你最好能静一静,镇定下来。试图自欺欺人只能让你更难接受事实,而我们最终总要面对事实。"

我无言以对,因为我很清楚他说的都是真的。不错,愚蠢的人是我,不是他。在这次探险中,他又超过了我,对此我颇有点恼火。事实证明我不如他敏感,他能注意到一切异常的现象,而我却对眼皮底下的事都视而不见。他显然从一开始就明了一切,而我直到这时还没完全明白他的话——这儿必须要有一个牺牲品,因此我们注定是在劫难逃。我抛却了一切伪装,但同时心中的恐惧也渐趋加重。

"但有一点你是对的,"他又说道,"那就是我们不要去谈这个,也不要去想。因为一想到什么总喜欢说出来,而说出来的往往就会应验。"

那天下午,小船被补好晒干了。我们驾船下河,看看是否漏水,同时再收集点木片,察看河水的涨势。有时岸旁飘来许多浮木,我们就用长长的柳枝拨过来。河岸不时地被巨浪卷走几块,小岛愈发显得小了。下午四点,晴好的天气忽然转阴了,随后持续刮了三天的狂风也减弱了。西南方集结了大片乌云,慢慢地向整个天际扩散。

风势的减弱让我们长舒了一口气,因为狂风无休止的咆哮、呼号、怒吼一直折磨着我们的神经。然而大风骤然而止后的沉寂却令人颇感压抑。河水依旧汹涌奔腾,发出隆隆的低鸣。水流声似乎比风声悦耳一些,但缺乏音节的变幻。风的乐章里有很多音调,升、降反复变化,奏出基本的旋律,而这河流的乐曲最多只有三种音调,像是单调沉闷的踏板声,还带来一种阴郁、悲哀的情绪,在我听来简直就像是送葬曲。

奇怪的是一旦没了明媚的阳光,周围的景致都少了生气,这儿本来就有阴森之气,这样的变化自然就愈加令人不快。暗淡的天色令我更加害怕,我开始一次次地计算日落后还要多久月亮才会升起,又在担心密布的乌云会不会遮住月光。

大风基本停止了,间或还有一阵呼啸而过的余风。河水的颜色仿佛变暗了,柳树愈发挤在一起,它们似乎自己能运动,从根部往上以一种奇特的方式摇晃着,无风的时候也在沙沙作响。普通寻常的事物一旦具有恐怖的意味,就会比罕见之物更能引发人的奇思怪想。聚集在我们周围的这些柳树在黑暗中就显得异常骇人,我感觉外表平常的柳树此刻仿佛蕴藏了无数充满敌意的自然力,它们随着浓重的夜色降临小岛,逼近我们。

午后我睡了好一会儿,基本上已从昨夜的疲惫中恢复过来,但这却令我愈发感受到那无所不在的符咒般的魔力。我拼命想摆脱各种怪念头,不时嘲笑自己的荒谬与胆怯,甚至还从生理方面寻求解释。尽管如此,它们还是一股脑地向我袭来。我开始惧怕黑夜,如同一个在丛林中迷路的孩子害怕夜色的降临。

白天我们已在小船上罩了一层防水单。瑞典人把仅存的一支木桨牢牢地系在一棵树上,以免被风吹走。五点以后,我就围着煨锅打转,忙着准备晚饭,因为那晚轮到我主厨。晚餐有土豆、洋葱、小块熏肉油佐料,还有上次炖菜留下的丰盛锅底,再加上切碎的黑面包,真是鲜美无比,饭后还有水煮甜梅与醇香的奶茶。同伴懒懒地坐在一旁看着我,一会儿清理他的烟管,一会儿又提出一些无用的建议,不干活的人总是喜欢这样。他整个下午都比较安静,忙着修补小船,拉紧固定帐篷的绳索，在我睡觉时他还去捞了一些浮木。我们没有再谈论那些令人不快的事情，他好像只提到了小岛面积的缩小，据他说这岛还不如我们刚上岸时的三分之一那么大。

锅里煨的食物开始咕咕冒泡了。突然我听到他的声音从河岸那边传来，他不知什么时候已走到那儿去了，我急忙跑过去。

"过来，听哪，"他说，"看你这次还怎么解释。"他把手隆起覆在耳朵上，这个动作他已重复很多次了。

"听到了吗？"他望着我，急切地问道。

我们站在那儿，一起凝神去听。起初我只听到河流隆隆的低鸣与汹涌澎湃的波浪翻滚声。柳树在那一刻似乎默立不动，然后我隐约听到一种奇特的声音，有点儿像远处的锣鸣，仿佛是从对面沼泽与柳林传来的怪异音律在重复演奏着，但绝对不是汽船上的喇叭或铃声。我无法想到更恰当的比拟，只觉得像是一只悬在空中的大锣在不停的敲击下发出低沉如金属撞击般的声音，轻柔而有节奏。听着听着我的心跳就加快了。

"我早就听到了，"我同伴说，"今天下午你睡觉时，岛上就有这种声音了。我四处察看，但根本没法找到声音的来源，有时在头顶，有时又在水下。有一两次，我敢确定声音不是来自外部，而是源于我自身——你知道的——我是指思维空间意义上的那种声音。"

"是风在吹那些沙坑，"我还是决心找到一种解释，"或者是树丛被暴风吹得紧紧挨挨、沙沙作响。"

"它来自整片沼泽地，"我的朋友答道，"它似乎无处不在。"他对我的解释充耳不闻，"有时它来自那些柳树丛——"

"但是风已经停了，"我反驳道，"柳树自己是不会发出声音的，不是吗？"

他的回答吓了我一跳，因为听上去着实可怕，而且我凭直觉知道他的话是对的。

"正是由于风停了，我们才能听到，以前它被风声盖住了。我认为那是哭声，是——"

我飞快地退回到篝火旁，锅里煮的东西快溢出来了，同时我也不愿再继续听下去，我决定尽可能地避免跟他交谈。我害怕他还会谈到各种神明、自然力以及其他令人不安的事物。我不想因惧怕犹疑而失去自控力，毕竟我们还要在这倒霉的地方再待上一晚，谁也不知道还会发生什么事情。

"快过来切面包。"我冲他大叫道，一边卖力地搅和着令人胃口大开的食物。这煨锅居然能使我们两人都保持理性，想到这点我不禁哑然失笑。

他慢吞吞地走过来，从树上取下装补给品的大包，费劲地在包里摸索着，然后把所有东西都一股脑倒在地上。

"快点！"我大声喊着，"锅已经开了。"

那瑞典人突然爆出一阵大笑。我惊呆了，这是分外勉强的苦笑，并非是刻意伪装的。

"这儿什么也没有！"他大叫道。

"面包，我是说面包。"

"没了，根本就没面包。它们已经把它拿走了！"

我把长柄勺一丢，飞快跑过去。包里所有的东西都在地上，就是没有面包。

所有的恐惧骤然间一齐袭来。我几乎站立不稳，也开始大笑起来。这是我唯一的反应，我的笑声立刻使我明白他为何会如此大笑。超自然的压力引爆了我们的狂笑，我们的压抑与恐惧在笑声中得到了解脱，我们俩的大笑同时戛然而止。

"我真是蠢到家了！"我叫道，并下定决心要找出一种解释，"我在柏莱斯堡把买面包的事忘得一干二净，那个多嘴的女人把我给说糊涂了。我肯定把面包忘在柜台上了，或者——"

"燕麦片也比早上少了许多。"瑞典人打断了我的话。

为什么他要提这个？我有点生气了。

"还够明天用的，"我急切地说，"在科姆或格莱我们能买到很多。"

二十四小时之后,我们就在几英里之外了。"

"希望如此,上帝保佑。"他咕哝着,又把东西都放回包里。"除非我们被作为首选的祭品。"说完他又傻傻地笑了起来。大概为了安全起见,他把装补给品的大包拖进了帐篷。我听到了他的自言自语,但出于本能没去细听他究竟在嘀咕什么。

晚饭时我们两人都愁眉不展,一言不发,尽量避开对方的目光,只忙着把篝火拨旺。饭后,我们洗洗涮涮,又抽了会儿烟。一旦无事可做,那种莫名的焦虑又涌上心头。虽然还未发展至恐惧,但这焦虑又不知源于何处,着实令我慌乱无措,越发难过。那种像敲锣般的怪音现在几乎一刻不停,不是节拍分明的乐音,而是持续不断、若有若无的铃声,一会儿在身后,一会儿又转到身前。有时觉得它来自左边的树林,忽而又从右边的草丛冒出来,大多数时间它像是被悬在头顶,发出大鸟振翅的声音。这怪音无处不在,身后、面前、头顶、四周,将我们紧紧包围。这从荒凉的沼泽、柳林深处传来的无休止的沉闷嗡嗡声非常怪异,我生平从未听到过与之相似的声音。

我们静静地坐着吸烟,觉得周围的气氛越来越紧张。最糟糕的是我们根本就不知道将会发生什么事,也无法准备防御。我白天做的种种解释此刻显得极为愚蠢荒唐,不论是否愿意,我不得不跟同伴开诚布公地谈谈,毕竟我们还得在一个帐篷里过夜,而且我发现没有他的支持，我快不行了。我们必须得清楚明白地谈一谈，但我却尽可能地拖延时间，对他时不时迸出的话，要么装聋作哑，要么嘲弄一番。

他的一些话恰恰与我的想法不谋而合，从另一个角度证实了我的忧虑不是没有原因，这反倒更令我忐忑不安。他絮絮叨叨地谈着琐事，没头没脑地冒出一些怪话，好像并不十分清楚自己的具体想法，只是抛出一些难以理解的只言片语，想借此得到解脱。

"我敢肯定我们周围的一些事物最终会带来一片混乱，分崩离析与彻底的毁灭——我们俩的彻底毁灭。"他有次隔着熊熊篝火说道，"我们已走到安全线之外了。"

"还有那锣声从头顶上空逼近，声音愈来愈响。"他喃喃自语般地说，"我认为任何一台录音机都不会有这样的效果。这声音不是用耳朵听到的，而是用另外一种方式感觉到的，仿佛就在我体内，像是来自四维空间的一种声音。"

我故意没应答，向火堆靠近了一些，紧张地朝四周窥探，空中乌云密布，将月光遮得严严实实，一切都寂静无声，只有河水依旧奔腾，间或传来一两声蛙鸣。

"它无处不在，"他继续说道，"带有不同寻常的特性。我们对它一无所知，只有一点可以肯定：这声音绝非来自人间，我是说它来自人世之外的另一个世界。"

他将心中的困惑不解全都一吐为快，然后就安静多了。其实他也说出了我的想法，与其让这些怪念头肆无忌惮地折磨大脑，倒不如用言语的外壳将它束缚，这倒也是一种解脱。

我永远也不会忘记多瑙河畔的这块露营地是何等的寂寥荒凉，我们像是孤独地置身于一个空旷的星球！我开始浮想联翩，我想到了曾路过的巴伐利亚宁静的乡村、平凡的乡间俗事；煦日照着绿树下的餐桌，人们悠闲地呷着啤酒，热情地欢迎来客，远处是红屋顶的教堂与古旧的城堡。此时的我宁愿舍弃一切去换取这平静安逸的乡间生活。

我感觉到一种非同寻常的恐惧，似乎由来已久，而且比我以前所知的、或所梦到过的任何可怕的事物都更令我烦躁不安。正如瑞典人所说的，我们闯进了一个陌生的区域，面临着难以名状的巨大危险；我们已踏入了一个未知世界的前沿阵地。这儿是来自外层空间的人的居留地，是他们借以藏身同时监视地球的一个窥测孔。这另类的世界与人类的世界在此相交，中间似乎只隔了层薄纱。由于我们在这儿滞留过长，我们将被攫过边境，并被夺去我们称之为"生命"的东西。当然是以一种精神上的方式，而非单纯的肉体上的"丧生"。从这个意义上，正如他所说，我们将为这次历险付出代价——成为祭品。

祭品将会以不同的方式被带走，视他自身的敏感度与抵抗力而定。我隐约感觉到受到惊扰的自然力会以人格化的形式显现，因为厌恶我们鲁莽地入侵它们的领地,而采取恶意的行动。我的同伴则认为我们是不慎闯入了由古老众神统治的圣地,在这里从前朝圣者的精神力量仍然存在,而他自身具有的怀旧情绪会令他轻易屈从于异教之地符咒般的魔力。

不管怎样,这地方未受任何污染,也从未接受粗俗的人类影响,却处处布有精神"密探",随时准备出动。我以前从未听说过这么一个难以言状的"另类的世界",也从未想过与人类截然不同的另一种生命方式。最终我们会屈从于它们可怕的魔力,被掠进它们的领域。

一些不起眼的琐事已经证实了这不可思议的魔力。此刻围坐在篝火旁,我不禁清楚地回想起所有的细节,而周围的寂寥荒凉益发增添了恐怖气氛。水獭在激流中翻转,泛舟河上的男子朝我们打的奇怪手势,柳树位置的移动——这一切看似平常的事物,都因为发生在这另类世界的边界而被带上了神秘怪异的色彩。在这另类的世界里,有全新的秩序与标准,有着许多常人无法理解的怪事。而我们仅仅才涉足边界,对它广袤无边的疆域里所蕴含的一切都还一无所知。

"它们故意做了这许多怪事,夺去了我们所有的勇气。"瑞典人突然说道,好像他真的知道我在想什么。"不然我们还可以发挥想象,是什么拿走了船桨,划破了小船,还有食物为什么也变少了——"

"难道我没解释过这些吗?"我不耐烦地打断了他。

"你是解释了，"他面无表情地回答，"你确实解释过了。"

他又说了些其他的，还是有关"注定要提供一个祭品"之类的话。但我已经稍稍清理清了自己的思路，所以明白这些话不过是显示了他灵魂深处的恐惧，因为他已意识到我们正在遭受神秘力量的进攻，而且将要被攫去或者被摧毁。在这种情况下需要的是足够的勇气与镇定的思考，但这正是我们两人都缺少的。我无比清楚地意识到自己已经分裂成两个人——一个在试图解释一切；另一个不仅对所有愚蠢的解释都嗤之以鼻，而且还处于极度的惶恐之中。

此时夜色正浓，篝火已快燃尽，火苗越来越小。我们俩谁也没起身去添木柴，任由黑暗将我们包围。除了将熄的篝火，四周漆黑一片。偶尔飘来一缕风，吹得柳枝乱颤，间或还有河水拍岸声，以及头顶上空的嗡嗡声。除了这些之外，四周一片沉寂，令人颇感失落压抑。忽然有一丝风儿犹疑不走，似乎又要起大风了。我的承受力已到了极限，必须将心中的恐惧、烦躁、不安统统倾吐，否则就可能会陷入歇斯底里的状态，这肯定对我们的影响会更为糟糕。我狠狠地朝火堆踢了一脚，猛然转向同伴，他被我骇了一跳。

"我再也受不了了，"我大声嚷着，"我讨厌这鬼地方，漆黑一片，还有那奇怪的噪音，我的感觉糟透了。我已经被击垮了，我害怕得要命。真的，这都是真话。如果河的另一岸和这边不一样，我发誓我会立马跳河游过去！"

风吹日晒的黝黑肤色遮不住瑞典人惨白的脸色。他瞪大眼睛直直地盯着我，平静地说了几句，语气虽镇定却极不自然，根本掩饰不住他的焦虑。不管怎样，在那时他是我们两人中较为镇静的强者。

"逃跑是没用的，"他答道，像是医生在诊治重病，"我们必须得老老实实地坐着等一会儿。这儿的神秘之力能片刻杀死一群大象，就像你我捏死一只苍蝇这么容易，我们唯一的机会就是保持绝对安静。我们俩是这样的微不足道，无足轻重，也许这点倒能救我们。"

我心里充满了疑问，却只能表现在脸上，无法用言语提问，就像在聆听对一种疾病的精确描述，其病症之复杂令我迷惑不解。

"我的意思是，尽管目前他们已意识到我们的入侵，但还没有发现我们，无法准确地将我们'定位'，就像美国人说的'定位'。"他继续说道，"它们漫无目标地瞎闹，好比人在寻找一丝泄露的煤气，那木浆、小船与补给品都证明了这点。我想它们能感觉到我们，尤其是能感觉到我们的想法、意识，但还没有真正看到我们。我们必须保持镇定，不能胡思乱想，不然就完了。"

"你是说会死？"我结结巴巴地问道，感觉到凉彻心底的恐惧。

"比死还要惨。"他说，"死亡对一般人而言，只意味着彻底消亡或是摆脱感官的束缚，并不会带来本质的变化。人并不会因为肉体的消失而发生突然的改变,而现在的情况要严重得多,我们将要面临的是完全丧失自我,突然失去目前的形态,经历彻头彻尾的改变——这比死亡、消失都要糟糕。我们碰巧在这岛上扎营,这儿正是它们的领地与人类世界的交接点,两者之间'只隔层薄纱'。"天哪!他说的正是我刚才想到的,一字不差,"所以它们能够意识到我们在附近出现了。"

"你说谁能意识到?"我问道。

我忘掉了柳树在无风时的颤动及头顶上的嗡嗡轰鸣,忘掉了一切,只知道自己在忐忑不安地等着一个答案。

他回答时压低了声音,稍稍向篝火靠近了一些,脸上还显出令人难以捉摸的神情。我不由得低头看着地面,以躲避他的目光。

他说:"我一直都很诧异,我居然能清楚地意识到另一个领域的存在,在距离上并不遥远,却是一个截然不同的世界。那儿有许多巨大、可怕的生灵在繁衍生息,一刻不停地进行着重大的事情。与之相比,俗世中的民族兴旺与帝国沉浮、战事纷扰与封疆裂土都不过如尘土般无足轻重。我的意思是,它们是直接与灵魂打交道,而不是在间接地处理灵魂的一些表现方式——"

"刚才我以为——"我试图打住他的话头,我觉得自己简直面对着一个疯子,但他根本不容我插话,继续滔滔不绝地胡言乱语。

"你认为,它们是自然力的体现,"他说,"而我原以为它们是那些古老的神明，但现在我告诉你，我们两人都错了。神灵是一些可被理解的实体，且与人类密切相关，因为它们倚仗人们的敬仰与祭祀。但我们周围的这些却与人类毫无关系，只是凑巧在此地与我们的世界有交界罢了。"

他似乎将这一想法解释得令人信服。在这荒凉孤岛浓重的夜色中，听到如此怪异的言论，我不禁吓得浑身发抖，无法控制。

"那你打算怎么办？"我又问道。

"一个祭品，或一个替罪羊，也许能够将它们引开，这样我们就能逃脱了。就像群狼只顾得上吃几条狗，从而放过了雪橇，但是现在我看是不可能找到替罪羊了。"

我神色茫然地盯着他。他两眼熠熠发光，着实可怕。他接着说道："当然，是那些柳树在捣鬼。柳树将它们遮住了，但它们还是能感觉到我们的存在。如果我们流露出害怕等想法，我们就彻底完了。"他正视着我，神色镇定坚毅，又不失真诚，于是我不再怀疑他是否精神正常，显然他的头脑很清楚，无异于常人。"如果今晚我们能顶得住，"他又说道，"明天白天我们就能悄悄出发，不被它们发现。"

"那么你真的认为一个祭品就会——"

话未说完，锣鼓般的嗡嗡声又从天而降，仿佛就在我们头顶，而真正让我闭口的是同伴异常严肃的表情。

"嘘！"他轻声说着举起手，"尽可能地不要提它们，提到它们就等于暴露我们自己。我们唯一的希望就在于对它们视而不见，充耳不闻，这样它们也许就会对我们忽略不计了。"

"甚至想也不要去想？"

他显得异常焦虑，答道："当然，胡思乱想是最危险的。我们的想法有可能在它们的世界里显现出来，我们必须尽可能地不惜一切代价将它们逐出我们的头脑。"

我把火堆聚拢，尽量在无边的夜色中保留一星亮光。在那个漆黑恐怖的夏夜，我无比渴望阳光的出现，这对于我是生平从未经历过的。

"你昨晚是一直醒着的？"他冷不丁问道。

"天亮后我睡着了一小会儿，"我拐弯抹角地答道。这完全是按照他的指点，我凭本能感觉他是对的。"但那风，当然——"

"我知道，但是风并不能解释那些噪音。"

"那么你也听到了。"

"我听到啪嗒啪嗒的声音，像无数细碎的脚步声，"他说，犹豫了片刻，又加了一句，"还有另外一种声音——"

"你指的是那声闷响，好像是什么巨大的东西压在了我们的帐篷上，对吗？"

他意味深长地点点头。

"当时有点让人透不过气,是吗?"我问道。

"有点儿。我感觉像是大气的重量发生了变化,变重了许多,我们大概都快被压死了。"

我决心要弄个水落石出,此时,那嗡嗡的怪音仍在头顶盘旋,时高时低,毫无间断。我朝上空一指,问道:"那么,这个你如何解释呢?"

"这是它们发出的声音,"他低声答道,表情十分严肃,"来自它们的领地,与我们的世界并没有铜墙铁壁相隔,所以就有声音传过来了。你如果仔细听,就会发现这怪音不是来自上空,而是从我们四周传出的。声音就在柳树林里,是柳树在嗡嗡作响。柳树就象征着对我们充满敌意的神秘力量,是它们的物化形式。"

我没有完全明白他的意思,但我的一些想法显然已包含在他的头脑中。我其实也意识到了这些,但不如他分析得如此透彻。我差点就要告诉他我在柳树丛里看到过一些徐徐升空的怪物。突然,他猛地转过头,直视着我,急切地冲我低声耳语。我不禁诧异于他的勇气与镇定以及对局势的把握力,而我以前却一直以为他是个缺乏想象、感情冷漠的人。

"听着,"他说,"现在我们唯一能做的就是装作什么也没发生过,按我们原来的习惯,照常进行一切活动。尽量装作什么也没感觉到,什么也没注意到。这完全是个思维意识方面的问题,我们越不去想它们,逃脱的可能性就越大。最重要的是，什么也别去想，因为你想到的就会发生！"

"好的，"他的话如此怪异，我吓得胸口发闷，连说话都困难了。"好的，我试试看。那么告诉我一件事，告诉我咱们周围地面上的洞，那些小沙洞是怎么回事？"

"不！"他大叫道，情急之中忘记了耳语，"我不敢，真的不敢把这点说出来。如果你还没猜到，那太好了，别去猜！它们已经把这念头塞进我的脑子里，你一定要顶住，别让它们的阴谋在你身上也得逞。"

他说着又压低了声音，我也没再强迫他解释。我心中已有了太多的恐惧，而我的承受力已到了极限。谈话暂告一段落，我们俩人都闷头抽烟，一言不发。

然后我想起了一些微不足道的小事，而当时我的神经正处于高度紧张的状态，所以这些事虽小，却给了我全新的视角。我一低头就看到了脚上的沙滩鞋，脚趾上露出的小洞让我想起了伦敦的那家鞋店。那店员为了让这鞋合我的脚，着实费了不少功夫。我不禁又想起其他一些并不十分有趣的琐事细节，接下来我们熟悉的平凡俗世中的一系列事物都在我脑海中涌现：烧牛肉、浓啤酒、汽车、警察、铜管乐队，还有许多其他现实生活中的小事。从心理角度来看，这是由于长时间过于紧张，遭受常人难以想象的压力之后突然发生的一种强烈反应。

但不论是出于什么原因,这些莫名其妙的遐想却立刻产生了意想不到的效果,似乎将我心底的符咒解除了,瞬间我变得无所畏惧。我抬眼看了看对面的同伴。

"你这个老昏头的异教徒!"我冲着他大叫大笑,"你是个患狂想症的白痴!迷信你的偶像!你——"

重新袭来的恐惧令我戛然而止。我感觉好像犯了渎神之罪,急忙闭口,夜空中猛然传来一声尖叫——瑞典人显然也听到了——似乎有什么东西在急速落下。

他的脸色"唰"地变成惨白,即使是黝黑的皮肤也遮盖不住。他像根棍子似的僵直地立在火堆前,瞪大眼睛盯着我。

他的声音显得惊慌无措:"现在,我们必须得走,再也不能待下去了,立刻就出发——顺河而下。"

他显然已经失控了,他的话分明体现了来自灵魂深处的恐惧。他一直在竭力抵制着恐惧的进攻,但最终还是失败了。

"夜里出发?"我叫道,尽管在歇斯底里的发作之后,我吓得瑟瑟发抖,但还是比他要清醒一些。"你简直疯了!河水还在上涨,我们只有一支桨,而且,我们只会越陷越深,这方圆五十英里,空无一人,只有柳树!"

他坐了下来,似乎快要崩溃了。情况突然发生了变化,现在我们俩的生死存亡要由我来把握了。

"你究竟为什么要这样做?"他轻声问道,声音中透出无比的恐惧。

我走过去,握住他的双手,在他身边跪下,看着他惊恐不安的眼睛。

"我们还要烤会儿火,"我镇定地说,"熬过这一夜,天一亮我们就出发,全速开往科默,好了,振作一点!记住你自己说过的,别想可怕的事!"

他没再作声,看得出他同意了。我们站起身,离开营地去找木柴,在黑魆魆的丛林间、河岸旁摸索着前进,我们两人肩并肩走得很近,几乎快靠在一起了。上空的嗡嗡声从未停过,似乎我们离火堆越远,声音就越响,真令人倍觉恐怖。

之前涨水有一些浮木飘来,高高地挂在了柳树上。我们在茂密的柳丛中费劲地搜寻着木片,突然有股重力将我猛地一拽,我差点倒在沙地上。是我同伴,他在我身旁摔倒了,还拼命抓住我不放,我听到他急促地喘着粗气。

"看!上帝啊!"他指着大约五十英尺以外的火堆,声音颤抖流露出极度的恐惧。我顺着他手指的方向望去。天啊!我的心跳差点停止了。

那儿,在暗淡的火光前,有个怪物在移动。

我的眼前似乎被蒙上了一层面纱——就像剧院里的薄纱幕一般,模模糊糊的,只能看个大概,那怪物既无人形也不像是动物。在我看来,它的体积庞大，就像几匹马或其他什么动物挤在一起缓缓移动。瑞典人和我看到的基本相似，但他却认为是几株柳树簇成一团，树梢圆蓬蓬的还在晃动——"像轻烟一样盘旋而上。"他后来是这么描述的。

"我看到它是从柳树林里冒出来的，"他抽噎着说，"看！上帝啊！它过来了！噢！噢！"他尖叫起来，"它们已经发现我们了。"

我惊恐万分地瞥了一眼，正看到那个模糊的怪物从柳树中朝我们飞速旋来。我跌跌撞撞地后退了几步，撞在了树枝上。细小的枝丫显然经不住我的重量，我重重地跌倒在沙地上。同伴也被我拉倒了，压在了我身上。我真不知道到底发生了什么，只觉得冰冻般的恐惧感向我涌来，抽走了我所有的神经细胞正肆意虐待着我。我吓得瑟瑟发抖，双目紧闭，嗓子像被什么东西堵住了。意识与直觉似乎在扩散，融入了太空。我感觉自己正走向消亡，死神就要降临了。突然一阵痛感抽搐而过，我意识到是瑞典人摔倒时猛抓住我，把我弄痛了。

但据他后来说，正是这剧痛救了我，当它们就要发现我时，疼痛感转移了我的注意力，我没再去想它们。在紧要关头，我的思想被藏匿了，所以没被它们捕获，而他当时昏厥过去了，也得以躲过此劫。

不知过了多久，我跟跟跄跄地从盘枝交错的柳枝里爬出，看见同伴正站在面前伸手拉我。我茫然无措地望着他，揉着被他弄疼的手臂，一句话也不想说。

"我昏迷了一会儿，"我听到他说，"这倒救了我，因为我没再去想它们了。"

"你差点把我胳膊抓断了。"我似乎浑身都麻木了，只能想到这一句相关的话。

"正是这救了你！"他答道，"我们已经设法将它们引开了，嗡嗡声现在停止了。不管怎样，已经没有这怪音了！"

我爆发出歇斯底里的大笑，同伴受到影响，也狂笑起来。这无法控制的大笑却具有奇特的安抚功效，笑过之后，两人都感觉到一种解脱。我们返回到篝火旁，添加了木柴，火堆立刻烧旺了。我们看见帐篷已经倒了，摊在地上。

我们急忙重新搭帐篷，却不时地被沙地上的什么东西绊倒。

"是那些小沙坑，"瑞典人大叫道。帐篷已搭好，火光照亮了周围的沙地。"看它们变大了！"

在帐篷与篝火四周，刚才那怪影所过之处全是深深的漏斗般的空洞，与我们先前在岛上发现的沙坑非常相似。但是现在这些更深更大，形状很漂亮，有的洞可以容纳我的整只脚甚至一条腿。

两人都无话可说，我们能做的最安全的事就是去睡觉。就寝之前，我们用沙子把火堆熄灭，并把补给品与木桨都拿进帐篷。小船也被撑在帐篷一端，用脚就可以触到，这样稍有动静我们就会惊醒。

这次我们又是和衣而睡。万一有紧急情况,我们可以立刻出发。

我打定主意要保持清醒,静观其变,但疲惫不堪的神经、肢体却欢迎睡意的到来。同伴最初烦躁不安,不时坐起,问我是否"听到什么声音",他在睡垫上辗转反侧,一会儿说帐篷在晃动,一会儿嚷着说河水冲上了小岛。每次我都跑出去察看,告诉他一切正常。终于他安静地躺下了,呼吸渐趋均匀。过了一会儿还打起了呼噜——我生平第一次觉得鼾声如此顺耳,具有安神定心的作用。

看到同伴睡得如此香甜,我也不由得昏昏欲睡,片刻之后就进入了梦乡。

突然,我感觉透不过气,醒来一看,是毛毯蒙住了我的脸,而且旁边还有什么东西朝我压来。我的第一反应是同伴在睡梦中把铺盖挤到了我这边。我坐起来,叫了他一声,几乎就在同时,我意识到这帐篷被包围了。外面又响起了无数啪嗒啪嗒的声音,令人不寒而栗。

我提高嗓门又喊了他,没有应答,也没再听到他的鼾声。这时我注意到门帘落下来了,这真是不可原谅的错误。我急忙摸黑爬出去,把门帘系牢,猛然间我意识到瑞典人不在帐内。他不见了。

顿时我心乱如麻,万分恐惧。我狂奔出去,立刻就陷入一片嗡嗡巨响之中。它们似乎从各个角落同时传出,将我紧紧围住。天哪!就是我们熟悉的轰鸣!简直像无数只无形的蜜蜂在嗡嗡作响,这怪音使得周围的气氛分外压抑,连呼吸都十分困难了。

但我的朋友正面临着危险,我决不能犹豫。

已快到破晓时分,天际显出一抹微白的亮光,我正好可以辨认出柳林、远处的河流与浅色的沙地。此时一丝风也没有,我在岛上发疯似的跑来跑去,高声喊着他的名字,但茂密的柳林将我的喊声弹回,没入嗡嗡的怪声中,我的叫喊其实就只传出几英尺而已。我不顾一切地钻入丛林寻找同伴,一路上跌跌撞撞,脸也被周围的树枝刮破了。

没想到我居然跑到了这岛的尽头。水天之间出现了一个暗色的身影——正是那瑞典人。他的一只脚已踏入河里!倘若我再晚来一步,他就已经投河了。

我纵身向他扑去,双手紧箍住他的腰,拼命把他往岸上拖。他狂暴地挣扎着,口里咕噜着与那怪音极其相似的嗡嗡声,不时气急败坏地冒出一两句最古怪不过的疯话:"进入它们内部""像风与水一般"——只有上帝知道他还说了些什么。当时我听得毛骨悚然,后来却什么也记不清了。最终我还是设法将他拖回帐篷,毕竟帐内要较为安全一些。他还是上气不接下气,躺在床垫上诅咒连篇。我在床边搂着他直到他平静下来。

他狂暴的发作突然之间就平息了,几乎就在同时,外面的啪嗒声与嗡嗡的声响都骤然停止了——我想这大概是整件事中最奇怪的一点了。当时他突然睁开眼睛,疲惫不堪地抬起头望着我,门口透进来一缕微弱的晨曦,正照在他的脸上。他简直像个惊恐万分的孩子,喃喃地说道:"啊!老人家,你救了我的命。不管怎样,现在一切都过去了,它们已经找到另外的祭品了。"

说完,他疲惫地倒在毯子上,完全垮掉了。一会儿鼾声响起,他就在我眼前睡着了,仿佛一切都没发生过,仿佛他从未试图投河,将自己作为祭品奉上。三小时之后,灿烂的阳光将他唤醒——我是一刻不停地守候在他身边——他对刚刚做过的事情已全然不知。我觉得闭口不谈这些可怕的事不失为明智之举,所以并没有追问。

太阳早已升起,高高地悬在空中,一丝风也没有,闷热难当。他自然而然地醒了,立即起身去生火准备早餐。他洗漱时我紧张地跟在后面,但他并没有再试图跳河,只是探头在水中浸了一会儿,还抱怨河水变冷了。

"河水终于退了,"他说,"太好了!真令人高兴!"

"嗡嗡的怪音也停止了。"我说。

他抬头看着我,恢复了往日的镇定与平静。显然,他记起了所有的事情,自杀未遂一事除外。

"一切都停止了,"他说,"因为——"

他犹豫了,没再说下去,但我知道他头脑里肯定闪过了晕倒前说的那句话。我越发想弄明白一切。

"因为它们已找到另外的祭品了?"我故作轻松地笑着问他。

"对!"他说,"对极了!对这一点我非常肯定,就像——就像我现在感觉非常安全一样,是这样的。"他激动得有点口吃了。

他好奇地四处张望。阳光将沙地烤得发烫,没有起风,柳树林里也没一丝动静,他慢慢地站了起来。

"哎,快来,"他说,"咱们去找一找,应该能发现那个祭品。"

说着他立刻朝河岸跑去,我紧随其后。他在岸边仔细搜寻,不时用小棍拨弄着沙质的浅滩、水洼,我寸步不离地跟在后面。

"啊!"他突然惊叫起来,"啊!"

他声音中流露出的惊恐令我又体会到前一天的恐惧与不安。我急忙上前察看,他那小棍指着一个黑乎乎的东西,体积较大,一半在水里,一半在沙滩上。它像是被一团乱麻般的柳根缠住了,所以没被河水冲走。几小时之前,这块地方肯定还在水下。

"看,"他轻声说,"这就是那个牺牲品,是他让我们脱险了!"

我顺着小棍所指方向,费力地看了一会儿,原来是一具男尸!瑞典人用小棍将他翻转过来。死者像是一名农夫,整张脸都埋在沙里。显然是几小时前刚刚淹死的,大约就在黎明时分,尸体被冲上了小岛——恰恰就在那时,同伴的歇斯底里症状也平息了,嗡嗡的怪音也停止了。

"我们必须为他举行一个体面的葬礼,你说呢?"

"我也这么认为。"我说着不由自主地打了个寒战,这可怜的溺水者的出现令我不寒而栗。

瑞典人锐利的目光扫了我一眼,脸上显出不可捉摸的表情。他费力地爬下河边的斜坡,我小心翼翼地跟在后面。我注意到那农夫的衣服基本上都被急流冲走了,尸体的颈部与部分胸腔都裸露着。

刚刚下到斜坡的一半,同伴突然停住了,举起手向我示意。但也不知是脚下打滑,还是下坡时的冲力太大,我不仅自己没能立刻停下,还撞得他朝前跃了一步。两人一起倒在硬邦邦的沙地上,脚都浸到了水里。我们顺着斜坡滑下去,"砰"的一声与那男尸相撞了。

瑞典人尖叫了一声,我像被枪击中似的反弹回来。

在我们碰到尸体的一刹那,它的表层突然嗡嗡作响,震耳欲聋——几种不同的轰鸣声混在了一起——就像一大群长有翅膀的生物在我们周围盘旋,躁动不安地往高空飞去。嗡嗡声越来越轻,直到最终消失在天边,我们简直就像惊扰了一些无形中正忙于劳作的异类生灵。

我和同伴惊骇不已,紧紧地抓牢对方。未容我们从突如其来的惊吓中缓过神来,一股急流涌来,冲得那具尸体团团打转,摆脱了柳树根的缠绕。一会儿它就翻转过来,面朝上,双眼未合,瞪着空中。它正处于一股水流的边缘，眨眼间就可能被冲走。

瑞典人大喊着冲过去救他——我没听清，好像是"体面的葬礼"之类的——突然他"扑通"一声跪下，双手捂住了眼睛，那一刻我就在他身边。

我知道他看见了什么。

尸体被急流卷走的时候，脸部与裸露的胸腔正对着我们，那皮肉上分明钻满了小洞，形状非常规则，与我们先前在岛上发现的那些沙坑极为相似。

"是它们的记号！"我听见同伴喃喃自语，"它们做了可怕的记号！"

我把目光从他灰白的脸上移开，又朝河里看去。尸体已被水流冲到远处，几乎看不见了，我们已无法接近。它在浪花里不停翻转，就像一只水獭。

树之爱侣

一

他画树时似乎具有非凡的天赋，能感觉到树木的本质特征。他理解它们。比方说，为什么在一片橡树林中每一棵树都独具个性；为什么整个世界上没有两株完全相像的山毛榉。人们常请他画下他们最喜爱的椴树或白桦，因为他能准确捕捉到树的个性，正如有些画家善于绘出马的个性。人们一直疑惑他是如何具有这一本领的，他从未系统地学过绘画课程，所以他的画看上去与实物相差甚远。他虽然能准确生动地领悟树的个性，却将树描画得近乎滑稽可笑。但每一棵树的性格与特色都在他的画笔下显现——或喜笑颜开，或眉头轻蹙，或睡意蒙眬，依照具体情况而定。友好与敌意，善良与邪恶，种种特征都跃然纸上，栩栩如生。

除了树之外，这世上别的东西他一概不会画：鲜花与风景在他笔下会沦为浑浊的墨点；画人物更是勉为其难；画动物他也是一窍不通。偶尔也能画天空或是树丛中飘过的微风，但通常他不肯尝试画别的，只对画树情有独钟。对此他似乎充满了挚爱，也颇有悟性。他的画最令人赞叹的是他能将树木展现得像活生生的生物。这简直太神奇了！

"是的，桑德森画树的时候很清楚自己在做什么！"老爵士戴维·彼特斯暗自寻思，"你能听到树叶沙沙作响，闻到枝干的芬芳，还能听到雨点从叶片上'滴答滴答'落下，你几乎能看到树枝在颤动。这画出的树似乎还在生长。"他对挂在书桌上的这幅画极为满意，尤其对画中香柏显示出的不可思议的真实性颇加赞赏。

人们一般都认为彼特斯先生比较严肃、阴郁，几乎没有人会猜到他对大自然有着一种秘不告人的眷恋。这感情是由于他在东方丛林度过了一段漫长岁月而逐渐形成的，而这对于一名英国绅士是较为少见的，也许是因为他有一个欧亚混血的祖先。对此他略有点羞愧，但他私底下还是执着地保持了这种不同寻常的自然美的观念，尤其珍视对树的感情。同样，他也能理解树木，能与它们进行微妙的沟通。这也许是因为他曾孤独地与树影为伴，在茂密的丛林中生活了许多时日。他对树木一直倍加呵护，在精心的照料与忠实的保卫中透出他的款款深情。当然他一直把这挚爱深藏心底，因为他知道自己所处的世俗世界会怎样曲解甚至亵渎他的感情。他对妻子也隐埋了这份深情——在部分程度上，他知道妻子惧怕他对树的眷恋，因此她反对这感情阻隔在两人中间。但他却不知道，或者说从未意识到妻子一直希望能控制这种支配了丈夫整个生活的神秘之力。他以为她的惧怕是源自在印度居留的那些年，那时候他经常会因对自然的渴望而遁入丛林，数周不归，抛下她一人独守空房，为他可能遭遇的种种不幸而担惊受怕。这足以解释她为何本能地反对丈夫对丛林经久不衰的激情。

彼特斯太太，出身于信仰新教的牧师家庭，一贯具有自我牺牲的美德。在大多数情况下，她都乐于分享丈夫的喜怒哀乐，几乎达到了忘我的境地。唯独在对待树木这一点上，她很难做出让步，也无法理解丈夫对树的痴迷与钟情。

比方说，她之所以反对买这幅香柏图，并非是顾忌画的价格，而是因为买画这件事本身凸显了两人存在着分歧——虽然是唯一的分歧，却像一道深不可测的鸿沟，横贯在他们中间，难以逾越。画家桑德森凭借奇特的画树才能谋生，但并非时常有客人买他的画，家有美树且有雅兴请人画树的是少之甚少。而且心血之作他一般都留作自赏自悦，不肯轻易示人，更不愿出手，只有几个关系非同一般的密友才能见到。他讨厌毫无鉴赏力的外行对他的画胡乱加以点评。他并不介意被人取笑画艺不精，对此他一笑置之。但倘若有人随意指点画中的树，他就会耿耿于怀甚至怒形于色，他最反感人们对树的轻慢评论。在他看来，这无异于冒犯他的密友，而这些密友是无法出声反驳的。每当这时，他总会挺身而出，捍卫他的"朋友"。

一次一位懂画的女士说："真是太奇怪了！你居然能画出这棵柏木的个性，而事实上所有的柏木都非常相像。"

尽管这故作的恭维之词几乎道出画的真谛，但桑德森还是气得涨红了脸，仿佛她在公然侮辱自己的朋友。他快步上前，取走那幅画，挂在了墙上。

"同样奇怪的是，"他粗鲁地反驳道，故意模仿着她的腔调与用词，"您居然能发现您丈夫的个性，而事实上所有的男人都非常相像。"

她丈夫与其他男人唯一的不同之处是有钱，而她正是为了金钱才嫁给他，画家的话无疑正中其要害。这样，桑德森与这位女士的交往到此为止，此后她再也不向他索画了。他也许过于敏感了。可以说他心中充满了对树的眷恋之情，树是他的灵感之泉。男人的灵感可以来自音乐、宗教、女人，但不论怎样，都不能妄加评论。

"我确实认为，亲爱的，这也许有点贵了，"彼特斯太太又提起了那幅香柏图,"尤其是现在我们还要花钱请一个修剪草坪的工人。但是,既然它能给你这么多快乐——"

"它让我想起过去的某一天,索菲娅,"那位老绅士答道,温柔地看着妻子,然后把深情的目光移到了画上,"过去很久了。他让我想起了另一棵树——那年春天在肯特郡的草坪上,鸟儿在紫丁香的枝头欢唱,有一个穿着花布衣裳的姑娘在香柏树下静静地等待着——我知道,这画的不是原先那棵树,但是——"

"我那时不是在等你,"她愤愤地说,"我是在捡松果为教室生炉火——"

"亲爱的,香柏树上不结松果,而且在咱们年轻的时候,六月里的教室是不用生火的。"

"不管怎样,这并不是同一棵香柏。"

"因为这个缘故,我喜欢所有的香柏,"他答道,"这画让我感觉你仍然是原先那个年轻可爱的女孩——"

她穿过房间走到他身旁,同他一起凭窗远望。窗外是一片草坪,一棵树皮凹凸不平的香柏孤零零地立在他们的小屋旁。

"你同从前一样充满了梦想,"她柔声说,"我一点也不后悔花钱买这幅画,真的。只是如果画的是原先那株香柏,就更值得了,对吗?"

"那棵树几年前就被风吹倒了。去年我经过那地方时,一点儿树的痕迹都没了。"他温柔地答道。他轻轻从她身旁走到墙边,端详着桑德森为他们草坪上的那棵香柏作的画。她用小手绢仔细地揩去画上及画框上的浮灰,还踮起脚尖去擦擦边框。

妻子离开房间后,老先生开始自言自语:"我喜欢的是,他将它画活了。所有的树都有灵性,但是香柏是最先让我明白这点的,当我靠近它们细细观看时,它们能感觉到我的存在。我也能感觉到这点,我想是因为我对它们的挚爱,挚爱令生命无处不在。"他扫了一眼窗外,暮色渐浓,那株树影憔悴的香柏隐约可见。彼特斯眼中闪过一丝凝神沉思的深情。"对,桑德森看到了树的真实情状,"他喃喃自语起来,"它被迫迁到了森林的边缘,哀叹生活的黯淡无光。它与肯特郡的那棵树截然不同,正如我与牧师毫不相像一样,这儿对它是个陌生的地方。我对它真是一无所知,对原先那棵香柏我很是喜爱,而眼前这株,我是相当敬重,总体看来,它有一种祥和友好之气。桑德森将它的友好跃然纸上,他对此看得很清楚。我想进一步结识他。"彼特斯又说道,"我想问问他究竟是怎样看出这株香柏正立于我们的小屋与森林之间——它像是人类与森林之间的信使,但与人类似乎有更多的相通之处,离它身后的树丛却疏远了一些。我以前从来没有注意过这点,现在借助这幅画,我看到了。香柏立在那儿,像个卫士,在保护着我们。"

他转过身去眺望窗外。暮色中,森林里茂密的树木似乎正在向他们的小草坪逼近,将它团团围住。整洁的花园与苗圃看上去与恢宏的丛林极不相配,像一只彩色的小虫停落在熟睡的巨兽身上歇脚,又像俗丽的飞蛾在奔腾的水流旁飞舞,殊不知最细小的浪花也能将它吞噬。这纵横绵延、深不可测的古老森林仿佛一头酣睡未醒的巨兽,他们的小屋与花园就在它一张一翕的唇边。狂风骤起时,树林葱绿的唇边会随风扬起……他喜欢森林的这一个性,他一直都沉迷其中。

"奇怪,"他沉思自语,"太奇怪了!这些树竟令我模糊地感觉到强大的生命存在。在印度时,我曾一度有过这种感觉,也曾在加拿大的树林中感觉到过,但在英国的小树林,这还是第一次。桑德森是我认识的唯一与我有同感的人,他虽然从未说过,但这画就能证明。"他转过头又看了看他钟爱的那幅画,忽然感觉到前所未有的兴奋。"天哪,我不知道,我真不知道,"他的思绪任意飞腾,"是否一棵树——嗯,在严格的法律意义上——可以算活着。我记得有个作家很久以前告诉我树木曾经是可以移动的一种生物体,它们立着进食、睡觉、做梦等。但在同一个地方停留时间过长,就丧失了活动的能力……"

各种奇思怪想汩汩涌来。老先生点燃一根雪茄,悠闲地踱到打开的窗子旁,往扶手椅上一靠,任由思绪随意驰骋。窗外草坪对面的灌木丛中小鸟在尖声欢唱,他嗅到了花、草、树木的芳香与土壤的气味,甚至还隐约感觉到丛林深处开阔荒地的气息。夏日的微风轻柔地拂动着片片绿叶，但偌大的树林并未随风起舞，葱郁、斑斓的裙边几乎纹丝不动。彼特斯对这森林中的一草一木、一花一鸟都了如指掌。他知道林中有深邃的山谷；遍野盛开着黄灿灿的金雀花，杜松与香桃木散发着馨香；一汪汪清澈的水洼映照着蓝天、白云；空中雄鹰的振翅、盘旋与京燕哀怨凄厉的鸣叫愈发增添了丛林的幽静。一片片寂寥的松林，虽没有挺拔伟岸的树干，却也聚集簇生、生气勃勃，是流浪的吉卜赛人安营扎寨的好住所。他知道林中时而会有鬃毛蓬松的野马飞奔而过，还会带着娇憨可爱的小马驹。春日里鹡鸟啁啾，杜鹃啼鸣，婉转动听的乐音不绝于耳。荒寂的沼泽地里偶尔有白鹭飞出、直上青天。低矮的冬青丛，仿佛悄悄躲在暗处窥视，葱绿的叶子略有些发暗，颇为神秘，就连微微泛黄的落叶也带有几分凄婉之美。

森林像静谧安全的圣地庇护了在它领地上所有的树木与生灵。不会有伐木的斧头惊扰它的美梦，也不会有人类肆虐踩躏其内的生灵。它深知自己是至高无上的，便无所惧怕地纵横延伸，尽情展示着绚烂的风采。它无须设立尖塔哨所防范，也不用风儿传递警报，因为它无边的威力堪与日月匹敌。

树木一旦远离了郁郁葱葱的森林，就会面临截然不同的境遇。身处乡郊，四周是虎视眈眈的房舍，近旁不再有草长莺飞的林间小径，取而代之的是嘈杂、喧闹的马路。它们知道自己身处险境，因为路上随时会有人来侵扰。它们被人工种植，细心照料，但终有一天难逃遭人砍伐的劫难。即使在僻静的乡村，也是危机四伏。高大的老栗树还在悠闲安适地打着瞌睡，白桦已在微风中拂动，带来了警报。尘土已将树木的叶子黏住，喧闹的往来交通与刺耳的喇叭声淹没了它们灵魂深处的呐喊。这些树木渴望融入远方宁静平和的森林，却寸步难行，而且它们知道恢宏威严的森林对它们只有怜悯与轻视。它们不过是人工园艺的产物，只能组成千篇一律的苗圃、花园……

"我想和那位画家有进一步的深交，"终于老先生的思绪又回到了现实生活，"不知道索菲娅会不会介意？"他猛然站起来，震得扶手椅"咣当"一响，然后他轻轻拍去西服背心上的浮灰，又把背心往下拉了一点儿。彼特斯身材瘦削，动作敏捷。倘若没有那银白的髭须，他在暗处看上去只有四十岁。"不管怎样我要跟她暗示一下。"上楼更衣时他打定了主意。他其实是希望桑德森解释清楚一个他一直能感觉到的世界——树的世界。桑德森能在画纸上将香柏的神韵表现得淋漓尽致，就一定对树的世界谙熟于心。

"为什么不呢？"彼特斯太太后来在享用奶油面包布丁时同意了丈夫的建议，"除非你认为他没人陪伴会觉得无趣。"

"他整天在森林里画画，亲爱的。我想得到他的一些想法，如果我能做到的话。"

"任何事情你都能做到，戴维。"她答道。这对没要孩子的老夫妻彼此说话时一直彬彬有礼，亲切有加，当然有人认为这种夫妻间的礼貌早就过时了。但这次谈话却令她极为不安，她都没有注意到丈夫的答话中透着愉悦与满足——"除了你与咱们的银行账户，亲爱的。"丈夫对树的痴迷、眷恋一直是他们两人争执的焦点，尽管是态度温和的争执。《圣经》是她借以了解地狱、天堂及世间万事的指南，但《圣经》中只字未提人对树的感情，这令她愈发害怕。丈夫一直很迁就她，但也只能使她的不安略微缓解，并不能彻底消除她这种出于本能的恐惧。她对树林也不乏喜爱，毕竟那是遮阳乘凉、野餐休闲的好去处，但她绝不可能像丈夫一样对树木产生爱恋之情。

每晚用餐之后，彼特斯先生都会在床前灯下大声朗读《时代周刊》，而且总是挑选妻子可能感兴趣的篇章。基本上日日如此，只有礼拜天除外。为了取悦妻子，他每逢周日都会随意读一段泰尼森或是法拉的作品。这时，彼特斯太太就一边摆弄着编织，一边轻声细语地提些问题。她还会夸赞丈夫读得"悦耳动听"，有时还会与他即兴讨论一会儿。他总能几句话就挑起妻子的谈兴："啊，索菲娅，我以前还从未这样想过，但现在你提到了这点，我必须得说这的确有几分道理……"

彼特斯是个聪明人。在印度时，他们就已结婚许多年，他时常数月不归，独自一人待在丛林里与树木为伴，任由妻子在空荡荡的平顶小房里苦苦等待。确切地说，就在那时，他在内心深处产生了对树的挚爱与激情，而这是她无法理解的。曾有过一两次他煞费苦心试图向妻子分享自己的喜悦与挚情，但都以失败告终。于是他不得不放弃无谓的努力，学着把这份感情隐藏起来。他学会了偶尔不经意地谈及树木，因为妻子知道他对树木心存眷恋，倘若绝口不提，反倒更会引起她的猜忌，令她越发痛苦。所以他不时轻描淡写地提到这点，故意给她提供机会指出丈夫的谬误，让她自认为占了上风。两人一直为此争辩不休。每次丈夫总是耐心地倾听她的批评与离题的评论，因为他知道她能从中得到满足，而他也不会因此有丝毫的改变。他对树的挚爱已深植于心，永世难渝。但是为了与妻子和睦相处，他不得不在辩论中略微做出妥协。

在他眼中，妻子有一个并非十分严重的缺点——自小就形成了对宗教的狂热与痴迷，在情绪激动时会表现得异常明显。这种对宗教的执着来自她父亲的教诲，并非出于她自己的所思所想。事实上，像许多女人一样，她从来不会真正地思考，只会照搬她已接受的别人的想法。由于洞察了人类的这一天性，老彼特斯不得不痛苦地将内心世界的一部分向自己深爱的女人关闭。他认为妻子不时引用《圣经》的怪癖不过是白璧微瑕，并不影响她心灵的圣洁——就像有些动物在经历了漫长的进化之后仍然保留着犄角，虽毫无用处，却也无伤大雅。

"亲爱的，怎么了？你吓了我一跳。"她突然问道，同时猛地起身，帽子都差点滑掉了,因为正在读报的彼特斯先生刚刚惊呼了一声。老先生放低手中的报纸,透过金框眼镜上边缘注视着妻子。

"听听这个,如果你愿意的话。"他热切地说,"听呀,我亲爱的索菲娅。这选自弗兰西斯·达尔文对皇家学会会员的演讲词,你知道的,他是学会主席,伟大的老达尔文的儿子。我请求你能仔细地听,这可意义重大啊!"

"我在听呢,戴维。"她停下了编织诧异地望着丈夫,然后又往身后扫了一眼。房间里似乎发生了什么变化,这立刻让她异常清醒,尽管刚才她都差点打瞌睡了。是丈夫的语气神情带来了这一变化,她本能地警觉起来,"请读吧,亲爱的。"他深深吸了口气,又从眼镜上边缘看了看妻子,确认她的确在专心聆听。他显然是发现了真正感兴趣的东西,而她却觉得"演讲词"里的篇章向来枯燥乏味。

他加重了语调,大声读道:"人们不太可能得知植物是否有知觉,但是根据教义中提到的连续性,一切有生命的机体都是有灵性的。假如我们接受了这一观点——"

"假如?"她打断了他,分明感觉到了危险的来临。他没有介意被打断,似乎已习惯了她这种无足轻重的插话。

"假如我们接受了这一观点,"他继续读道,"我们就必须承认在植物中也存在着意识,而且与我们人类自身的意识略有相似之处。"

他在最后一段画了横线，然后放下报纸，目不转睛地望着妻子。两人目光相遇了。

她没有应答，也没做任何评论。他们默默地望着对方，他在等着她充分理解这些字句所蕴含的重要意义，然后他低下头，重新读了一遍。而她终于摆脱了丈夫咄咄逼人的兴奋目光，本能地又朝四周望了望。她仿佛觉得有人悄无声息地走进了他们的房间。

"我们必须承认在植物中也存在着意识，而且与我们人类自身的意识略有相似之处。"

"假如，"她喃喃地重复道。面对着丈夫询问的目光，她觉得必须说点什么，但她还没有完全镇定下来。

"意识！"他答道，然后又分外严肃地说，"亲爱的，这可是一名20世纪的科学家说的。"

彼特斯太太朝前欠了欠身。她的丝质裙饰发出"嘶嘶"的声响，比报纸的"窸窣"声还要响。她的脚紧紧并到一起，双手搭在了膝上。她深深吸了口气，又不屑地哼了一声。

"戴维，"她轻声说，"我认为这些科学家都昏了头，就我所记得的，《圣经》中根本就没有提到过这些。"

"对，我也记得《圣经》中没有提过。"他耐心地答道。过了一会儿，他又喃喃自语起来，"噢，现在我想起来了，桑德森有次就对我说过类似的话。"

"那么，桑德森先生是位可靠的、有思想的聪明人，"她很快接过话头，"如果他说过那样的话。"

她误认为丈夫指的是她求助《圣经》一事，而不是她对科学家的评论。他没有纠正她的错误。

"而植物，亲爱的，并不等于树木，"她越发觉得占了上风，"并不完全等同，对吗？"

"对。"戴维平静地答道，"但两者都属于植物界。"

她沉默了一会儿答道："噢！植物界！对！"尽管已上了年纪，她仍然像孩子似的拼命摇着脑袋，而且语气中透着难以遏制的轻蔑与不屑。倘若植物听到了这句话，恐怕会因为占据了世界的三大领域之一而羞愧不已。尽管它们盘根交错，枝繁叶茂，为人类遮风、挡雨、蔽日，但在彼特斯太太眼中，它们能否具有存在的权利都是令人怀疑的。

二

随后桑德森先生应邀而至。他短暂的拜访，总体看来相当成功。他为什么会接受彼特斯的邀请？许多人听说后都迷惑不解，因为他从未拜访过任何人，更不会借此取悦客户。肯定是彼特斯先生身上有他喜爱的独特之处。

而彼特斯太太却并不高兴他的到来。其一，桑德森不仅没有身着笔挺的晚礼服，还穿了件低领衫，随意地打了个领结，像个法国人，而且她觉得他的头发留得过长，有碍观瞻。这些琐事并非特别重要，只是她认为这一切都标明了一个人的懒散拖沓与杂乱无序，他的领结完全没必要弄得松松垮垮。

尽管衣着打扮如此古怪，他却是一个相当有趣的人，也是一位彬彬有礼的绅士。彼特斯太太一向都是比较善良宽容的，后来她寻思道："他索要的那二十畿尼，大概都用在别处了，也许要赡养年迈的老母或是病弱的姐姐。"要知道她对于画笔、画架、颜料、画布的花销都是毫无概念的。他有一双漂亮过人的眼睛，且言谈热切、举止奔放，而其他三十多岁的男人大都神色疲惫、态度冷漠，因此彼特斯太太也就原谅了他的不修边幅。

虽然如此，当桑德森离去时，她还是长舒了口气。她没有邀请他再次来访，而且她很高兴地注意到丈夫也没有就此做出任何暗示。那年轻人带着她丈夫在树林里待了好几个小时，他们在草坪上闲聊，任由风吹日晒，而且当黄昏的潮气已从林中袭来时，他还让老先生待在户外，全然不顾老人的身体会感觉不适，这些都令她极为不满。当然桑德森不知道这样会令她丈夫重新燃起对树木的狂热与痴迷，但戴维也许已经告诉他这些了。

他们两人从早到晚一直在谈树。这引发了她久存心底的潜意识里的恐惧，这恐惧是与黑魆魆的树林密不可分的。按照她早年接受的新教教义，这些感觉都是一些诱惑，倘若不严肃对待将会非常危险。

她望着那两人，心头充满了种种难以名状的可怕念头。她根本无法弄明白，因此愈发恐慌不安。她觉得他们完全没必要仔细研究那棵脏兮兮的老香柏。在琐事上耗费大量时间精力，实在是愚不可及，全然忽视了神明的教导：凡事要适当适度，否则会危及自身。

晚餐之后，他们又走到户外，一直在香柏低垂的枝丫旁吸烟、闲聊，直到后来彼特斯太太坚持让他们进屋。她从前曾听说香柏在日落之后会变得很不安全，离它们太近是全然无益的，而睡在香柏树下则更加危险，但究竟是什么危险她已然忘记了。

不管怎样，她还是急切地将戴维叫进屋，桑德森也紧跟着进来了。

在断然决定让他们进屋之前，她站在客厅的窗口旁悄悄观察了他们好长时间。她的丈夫与客人已被笼罩在潮湿朦胧的暮色中，她只能看见两人手上那雪茄烟的亮光，听见他们嗡嗡的低语。蝙蝠低低地掠过头顶，几只蛾子静悄悄地在盛开的杜鹃花旁飞旋。

正凝神看着两人，她突然觉得最近几天，也就是桑德森来了之后，丈夫有了一些变化。但究竟是什么变化，她也说不出。她犹犹豫豫地想弄明白,但又对此有着本能的畏惧。如果这些变化能转瞬即逝,她倒宁愿毫不知晓。她注意到他的变化是在一些细微之处,首先他最近不再看《时代周刊》,其次,他好久没再穿带点状花纹的马甲,有时他极爱走神,有时又对原先熟悉的事情茫然不知,而且,他又开始在梦中喃喃自语了。

这一切与其他的细节都毫无预兆地涌来,随之而来的痛苦令她瑟瑟发抖。她望着那两人在暮色中模糊的身影,香柏树伞状的枝丫已将他们笼罩,身后的树林在向他们逼近。看到这些,她又惊又怕,还有几分迷惑,却又不知从何处寻求庇护。突然她脑中响起一声低语:"是桑德森先生!立刻叫戴维进来!"

她就这样做了。她尖利的喊叫声穿过草坪,飘向森林,很快就消失了,没有一点回音。无数的树木似乎都在屏息聆听,像一座坚固的堡垒挡住了她声音的传递。

她的尖叫声刚刚落下,两人就老老实实地进来了。她对自己的失态既惊讶又懊悔,当他们顺从地进屋后她就小声解释:"即使是在夏天,这里的潮气也很重,能侵入体内。我丈夫很容易发烧的。噢,不!请不要扔掉雪茄。你吸烟时我们可以靠窗口坐,欣赏暮色美景。"

由于潜意识里的激动不安,她的话多得出奇。

"真是很安静——非常安静,"没人接话,可是她仍继续说着,"一片寂静，空气甜丝丝的……上帝总是会靠近需要他帮助的人们。"她还没有完全意识到自己在说什么，这些话就脱口而出，幸好她立刻放低了声音，没人听到。这些话也许表明她本能地想消除紧张，说过之后，她兴奋不已。

桑德森取来她的披肩，又帮忙摆椅子。他彬彬有礼地向她致谢，同时温婉地提醒她不要点灯，"我想灯会招来蛾子与飞虫的。"

暮色朦胧，三人围坐在窗前，形成一个半圆：彼特斯先生与太太分别坐在两端，依稀可见老先生白色的髭须与太太黄色的披肩。桑德森坐在两人中间，黑发闪亮，双眼放光。画家轻声谈论着与男主人在香柏树下就已开始的话题。彼特斯太太则警觉不安地听着。

"你看树木在白天隐藏了自己的性情，只有在日落后才充分展现出来。我无法了解一棵树，"说着，他略带歉意地朝女士欠了欠身，好像是因为提到了她不太理解或不喜欢的事物，然后又接着说，"直到我在晚上见到它。比方说，你们的香柏，"他又转向了老先生，彼特斯太太正好瞥见了他闪烁的目光，"起先我画得很糟糕，因为我是早上观察它的，明天你能看到我画的第一张草图，就在楼上我的公文包里。那张画与您买下的那幅画简直是迥然不同的两棵树。"他朝前欠了欠身，压低了声音，"那景致是我在凌晨两点捕捉到的。在朦胧的月色星光下，我看到了那棵树赤裸裸的真面目——"

"您是说您出去了,桑德森先生,在凌晨?"老太太问道,语气中略带惊讶与责难,但她并没有在意画家的不雅用词。

"也许在别人家里,我这样做是太随便了,"他恭敬地答道,"但是那时我正巧醒了,透过卧室的窗户我看到了那棵树,于是就忍不住下楼出去了。"

"真是奇怪,博克瑟居然没咬你,它晚上就睡在大厅里。"她说。

"恰恰相反,那狗跟我一起出去了。"他又说道,"我希望没有打扰到您,当然现在才这么说已有些迟了。我非常愧疚。"他微笑着,露出了雪白的牙齿。一种混着泥土与花香的味道悄悄地随风从窗口飘进来。

彼特斯太太沉默不语,倒是她丈夫笑着插话:"我们两人都睡得像木头。桑德森,你的确勇气可嘉,真的,那幅画就证明了这点,很少有画家会为一幅画如此费力尽心。不过我从前倒是读过霍尔曼·亨特、罗塞蒂,或是其他的什么人,在他的果园里通宵达旦地作画,就是为了得到他想要的那种月光的效果。"

彼特斯先生滔滔不绝地谈了一阵子,妻子很高兴听到他的声音,这令她自在多了。但很快另一位就控制了谈话,她的心慢慢地沉了下去,越来越害怕。她本能地惧怕桑德森对丈夫的影响,因为这画家一说话,树林、森林及所有树木聚集之地的神秘与奇观就变得非常真切,令人感觉身临其境。

"夜色以某种形式美化了所有的事物,"他继续阐述着自己的观点,"但是什么都不如树木变得彻底。撩开了白天由阳光罩下的面纱,它们充分地展现了自我。在某种程度上,甚至连建筑物也是这样,但树木尤其明显。白天它们在安睡,夜晚它们会苏醒,具有极强的表现力,它们被赋予了生命。它们——活了。您记得吗?"他又礼貌地转向女主人,"对此亨里理解得多么透彻啊。"

"你是说那个社会党人?"她的问话中流露出不屑与鄙夷。

"对,就是那位诗人,"桑德森回答得很巧妙,"史蒂文森的朋友,您肯定记得,史蒂文森写了很多朗朗上口的诗歌。"

说着,他轻声背起了他刚刚提到的描画树木的诗篇。他的声音穿过草坪,向远处的丛林飘去。黑魆魆的树林像深不见底、广袤无边的海洋正向他们的小花园滚滚涌来。在风儿的吹拂下,林中依稀传来浪涛拍岸般的呜呜声,与他的诵读声相应和,似乎风儿也在欣然倾听。

"他无休止地追问

声音是多么响亮、醇厚:

难道众多的温柔之物——

这些颀长健硕的树,

上帝的步哨——

都无言地放弃了自我,

在耀眼的白昼?

但在远古的神秘之夜,

祭司的咒语带来神圣与恐惧。

只有树木理解这神力:

它们原始的灵魂隐约而现,

它们的形体愈加伟岸,

黑夜的衣衫赋予它们骇人的威力,

无数的树木为之沉思不语。"

画家吟诵完毕,随后是无言的寂静。突然彼特斯太太小声说:"我喜欢'上帝的步哨'这一句。"她的声音轻柔,没有丝毫的责难。桑德森优雅动听的诵读虽然打断了她尖声的抗议,但并没有缓解她的恐惧,她丈夫没做任何评论,她注意到他的雪茄已经灭了。

"尤其是老树,"画家继续说,像是在自言自语,"具有鲜明的个性,它们会被冒犯,或是受到伤害,或是被逗乐。一旦你站在它们面前,你就能感觉到它们对你是欣喜相迎,还是畏缩不前。"他突然转向男主人,"您肯定知道普伦蒂斯·马尔福德的那篇文章《上帝在树中》。虽然文辞有些拖沓,但的确很精辟。您没读过吗?"他问道。

答话的却是彼特斯太太,她丈夫依然面色古怪,一言不发。

"我可从未读过!"冷冰冰的话语从面无表情的老太太口中冒出,

即使是小孩子也能听出言外之意。

"哦,"桑德森依然很有礼貌地说,"但是树木中的确有'上帝'存在。这种存在可以有非常微妙的表现形式,有时甚至是阴森可怕的。据我所知,树木也会有这样的表现形式。您是不是也曾注意到,树木能够非常明显地表现自己的好恶,至少在挑选同伴这方面?比如说,山毛榉不允许任何生物靠近它们,没有鸟雀、松鼠在枝头嬉戏,树下也没有野草聚集,山毛榉林经常是寂静得可怕!松树则大不一样,它们任由覆盆子、小橡树之类的在周围繁衍生息。所有的树木都就此做出明确的选择,一旦决定,就不会改变,而且有些树显然是喜欢与人类为伴的,这点倒是很奇怪。"

老太太忽地站了起来,这已超出了她忍耐的限度。她的丝裙发出"窸窸窣窣"的声响,像是在愤然抗议。

"我们都知道,"她答道,"据说在凉爽的傍晚,上帝会在花园漫步。"她深吸了口气,又费力地说,"但我从未听说过他会藏在树里,或诸如此类的事情。我们必须记住,树木毕竟只是大株的植物罢了。"

"没错,"答话仍然是轻声细语,"但在世上所有生生不息的万物中都有生命存在,也就是说,万物中都有无可探究的神秘。我冒昧地断定,深藏于我们人类灵魂中的神秘,同样也存在于一块毫不起眼的沉默迟钝的土豆中。"

桑德森显然不是在说笑。他这话一点都不可笑，也没人在笑。恰恰相反，这些话非常直接地传达了存在于整个谈话中的一种感觉。每个人都以他（她）自己的方式——或赞赏、或惊叹、或警觉——意识到这次谈话在某种程度上拉近了植物界与人类世界的距离，两者之间似乎已建立起某种联系。他们的谈话进行得如此坦白直露，这显然不太明智，因为树林就在不远处倾听，而且在悄悄向他们逼近。

彼特斯太太不喜欢丈夫长时间的沉默，他始终一言不发。这太反常了。她急于打破这可怕的寂静，便连忙提出一个实际的建议。

"戴维，"她提高了声音说，"我想你已感觉到潮气了，天有点凉了。有时人突然就会发烧的，你是知道的，所以最好还是服点药。我这就过去取，亲爱的，这样会好一些。"没等丈夫表示反对，她就离开了房间去取顺势疗法的冲剂。她一直都对此药深信不疑，而老先生为了让她高兴，已经用大杯吞服了好几周了。

彼特斯太太刚一走出房门，桑德森又开讲了，但语气已有了明显的变化。彼特斯先生在椅子里坐直了身子。两人显然是在继续某一次的谈话——在香柏树下进行的真正谈话——把刚刚虚饰的言谈抛在了一边。

"树木很爱你，这是事实。"桑德森热切地说，"你在国外的那些年对它们的精心照料让它们得以了解你。"

"了解我？"

"对，"他停顿了一下，又说道，"就是让它们意识到你的存在，意识到在它们之外有种力量在关心它们，明白吗？"

"上帝啊，桑德森——"彼特斯先生早就深有同感，却从未敢用语言表达出来，"也就是说它们与我有了联系？"他试着问道，不出声地笑着。

"正是！"他得到了一个干脆利落的回答，"它们寻求与某种物体的融合。这一物体或个体必须对它们持有善意，有益于它们的生存，并能鼓励它们展示出最佳的表现形式——即拥有生命。"

"上帝啊！"彼特斯听见自己在喃喃自语，"你说的与我想的简直一模一样。你知道吗，我早几年就有这个想法了。我感觉好像——"他四处望了望以确保妻子不在屋里，然后接着说——"就好像那些树在追我！"

"'融合'一词也许是最恰当的，"桑德森不紧不慢地说，"它们想将你吸引过去。你看，美好的事物，总是寻求融合，而邪恶的则趋向于分离，所以最终总是美好、善良的一方获胜。以长远的观点来看，聚合的趋势是不可抗拒的。邪恶的事物倾向于分裂、溃散直至死亡，而树木之间团聚的本能具有重要的象征意义。树木集聚在一起，是善良的，而孤零零的一棵树，一般而言是很危险的。看看一株冬青，看着它,仔细地观察它,尝试着理解它。您是不是也曾从中看出一种邪气?单独的一棵树往往都是邪恶的,有时也是美丽的,但也是一种奇怪的、扭曲的美——"

"那么,那棵香柏树——"

"不,它倒不是邪恶的,但它异化了。香柏通常都是聚集成林的。这可怜的家伙远离了树林,仅此而已。"

他们谈得很深入。桑德森似乎在赶时间,说得飞快,却涉及了许多内容,彼特斯几乎有点跟不上了。老先生的头脑中充满了种种不确定的想法,正要费力地理清楚,画家接下来的一句话着实令他吃了一惊。

"这儿的香柏树会保护你的。你经常会充满爱意地想到它,因此它被赋予了灵性,而其他的树大概无法越过它来亲近你。"

"保护我?"彼特斯颇为诧异,"保护我远离它们的爱意?"

桑德森说了,"我们把两件事混在一起谈了。"他说,"不过,你看,我的意思是——它们对你有爱意,它们能够意识到你的性格与你的存在。这就意味着它们想赢得你,想越过边界,将你带入它们的世界。"

这画家灌输的想法将彼特斯搅得糊里糊涂,他觉得自己像是进入了一个旋转着的迷宫,错综复杂的路径在他面前飞快旋转,令他迷惑不已。每条小径似乎都提供了零星的线索,他不停地尝试了一条又一条,但每次刚刚要有所发现时,总是会突然冒出一条新的岔道,将他从中途拦截。

"但是印度，"他说，很快又压低了声音，"印度离英国的这个小森林这么远，印度的树也应该与这儿的截然不同吧？"

丝裙的沙沙声响提醒他们彼特斯太太走近了，老先生唯恐她突然出现要他解释清楚，所以上一句话就讲得小心翼翼，让其可以从不同的角度去理解。

"世界各地的树木之间都有交流，"桑德森的答话很奇怪，"它们总是能知道的。"

"它们总是能知道！你认为是怎样知道的？"

"是风，伟大、迅捷的传递者！它用自己古老的方式游遍这一世界。比方说，东风就像鸟儿一样将讯息从一个地方带往另一处。东风——"

彼特斯太太手拿着大玻璃杯快步走到他们面前。

"好了，戴维，"她说，"这能够从一开始就挡住任何疾病的进攻。亲爱的，只要喝一勺。噢！噢！不要全喝了！"她丈夫已经像平常一样一口就吞服了半杯，"睡前再喝一点儿，余下的留到明天，你早上一醒来就喝掉。"

桑德森先生将杯子接过来放在身旁的桌子上，彼特斯太太转向她的客人。她听见他们在说东风，却误解了他们的意思，因为两人秘密的谈话早已因她的到来戛然而止。

"东风是最令他难过的,"她说,"桑德森先生,我很高兴听到您也这么认为。"

三

浓重的寂静随后而至,偶尔能听到丛林中猫头鹰低沉的鸣叫。一只大蛾子飞舞着轻轻地撞到了窗子上。彼特斯太太稍稍挪动了一下,没有一人说话。透过树梢依稀可见点点星光,远处传来几声"汪汪"的狗叫。

彼特斯先生重新点燃雪茄,打破了沉默。

"的确令人欣慰,"他说着把火柴扔到了窗外,"想想看,我们周围处处有生命的存在,而且在有机体与无机体之间并没有明显的分界线。"

"是的,"桑德森接过他的话,"宇宙其实是个整体。人们在为那些看不见的分割线而困惑,我觉得事实上那些所谓的界限根本就不存在。"

彼特斯太太听得有点坐立不安了,但没有说什么。她害怕听到这些她不理解的长词,词语包含了过多的音节,就会带有恶意。

"尤其是在植物与树木中,存在着一种很精细的生命,迄今还没人能证明这生命是无意识的。"

"但也没能证明它是有意识的,桑德森先生。"她不失时机地插了一句,"只有人才是按照上帝的样子创造的,而不是灌木或者……"

她丈夫立刻温和地提出了异议:"没有必要认为它们与我们的存在方式是完全相同的。"说着他看了一眼妻子,"亲爱的,同时我相信所有被创造出的物体都在某种程度上继承了造物者的生命。想想看上帝创造出的全是有生命的活物,这不是很美好吗?这样认为并没有什么不妥,我们又不是什么泛神论者。"

"噢!不!我希望你不要这样想!"丈夫的话把她吓坏了,这比教皇的话还要令她震惊,那一刻,她困惑的头脑中似乎偷偷溜进了什么危险的东西。

"我认为在衰亡的事物中也有生命存在,"画家小声地说,"一段倒下的朽木也有知觉,一片枯死的落叶也有力量,所有瓦解、崩溃的事物中都有生命。比方说,一块顽石,它也具有热度、重量以及各种潜力。到底是什么微粒聚结成石块?我们对它了解得很少,正如我们同样不知道为什么磁针总是可以指示北方。这两种事物都有可能是生命的一种存在方式。"

"您认为罗盘也有灵魂,桑德森先生?"女士尖声质问道。她的丝裙随之发出"窸窸窣窣"的声响,似乎也在愤怒地抗议。黑暗中画家顾自微笑,没有作声,倒是彼特斯先生急着答话。

他悄声说:"我们的朋友只是想说明我们目前还无法理解的一些神

秘生命。为什么水总是往低处流？为什么树木会与地面形成特定的角度，而且向阳生长？为什么地球会绕轴自转不停？为什么火能改变事物的外形，虽然不一定将它们彻底烧毁？把这些简单地解释为自然规律就等于没解释。桑德森先生只是想用富于诗意的方式来说明这些都有可能是生命的表现形式，尽管这也许是另一层面上的生命形式。"

"我们都读过'他赋予他们生命之息'，而这些东西都不会呼吸。"彼特斯太太以胜利者的腔调说道。

桑德森忍不住插话，但他并不是故意反驳已被惹恼的女士，看上去他像是在自言自语或是在与男主人商讨问题。

"但植物也是呼吸的，您知道的。"他说，"它们会呼吸、进食、消化；它们可以四处移动，而且能像人类与动物一样去适应环境。它们也有神经系统——至少是有一个复杂的核细胞系统，具有神经细胞的某些性能，它们也许还有记忆力。当然，它们能够对外界刺激做出反应。虽然这可能只是生理上的反应，但还没有人证明这仅仅只是生理上，而不是心理上的。"

他显然没有注意到黄色披肩后面有一声轻微的喘息。彼特斯先生清了清嗓子，把雪茄烟熄了，扔到窗外的草坪上，双腿时而跷着，时而盘起。

"在树木中，"画家仍在继续，"比方说，一个巨大的森林也许就是由无数棵树构成的一个恢宏的生命实体，与人类的生命一样构造繁复而精密。在某种条件下，它也许会与人类的生命形式相融合，所以我们至少可以在一段时间内成为它其中的一员，从而更好地了解它。它也许能够将人的生命活力吸入它自身庞大的如诗如梦般的生命体系中去。大森林对人的吸引力是无穷无尽、无法抗拒的。"

彼特斯太太狠狠地咬紧了嘴唇，连她的披肩与丝裙都在"噼啪"作响，像是在愤然抗议。她简直被桑德森这些离经叛道的言论给气呆了，一时无法想出适当的言语去反驳。其实她并没有完全听懂他的意思，但不论桑德森到底所谈何意，不论这其中隐藏了多少危险，她已意识到他的话就像一张被巫师念过咒语的大网，将他们三人罩得严严实实，无法逃脱。黯淡的暮色，露珠点点的草坪，花草树木与泥土的芬芳似乎都被施予了符咒般的魔力。

"一些情绪，"桑德森继续说道，"会因他人而起，因为他们潜藏的生命对我们的生命方式有所影响。比方说，原本空房间里只有你自己，现在有一人进来了，你们两人都会立即产生一些变化。新到的人即使沉默不语，也会引起你情绪上的变化。自然界的景物是否也具有相似的功效？是否也会令我们有所触动？大海、群山、沙漠能令人们激情澎湃，或兴高采烈，或惊恐畏惧，依具体情况而定。"彼特斯太太又看见他意味深长地瞥了男主人一眼，他接着说："有时自然界会激起一种难以形容的博大恢宏的情感。那么这些情绪、情感都源自何处呢？当然不是来自无生命的、僵死的事物。森林能对人产生影响力，能够激起种种难以名状的情绪，这正是生命力的显现。否则，又该怎样解释这一神秘的树的集合体？森林的权威性，"他略带敬畏地说，"是不容否认的，我想，此刻就能感觉到。"

他说完了，气氛变得相当紧张。彼特斯先生原本没打算深入详谈，他们说得太多了。他不希望看到妻子不高兴或者害怕，而现在他已觉察到她的情绪颇不平静，大有一触即发之势。

他试图将谈话引向更笼统的层面，以淡化集聚起来的紧张情绪。

"大海是上帝的，是上帝创造了海，"他希望桑德森能明白他的暗示，"树木也是这样……"

画家打断了他的话："对，整个植物界都听命于人类，为我们提供事物、住所，满足我们日常生活中无数的需求。它们覆盖了地球上的大部分地区，生机勃勃。当人类需要它们时，它们总是原地待命，从不会做逃兵。这是多么有趣啊！尽管如此，将它们为人类所用并不容易。有的人不敢摘花，有的人害怕砍树。而且，奇怪的是大部分的丛林传奇都有点儿神秘晦暗，充满恶兆。森林生活总令人感觉十分可怕，凶多吉少。现在仍然存在着崇尚树木的风俗，伐木工夺取了树木的生命，因此总是摆脱不了阴魂的纠缠……"

桑德森突然停了下来，声音也变得怪怪的。彼特斯先生在他话未说完时就觉察到有点不对劲儿，他知道妻子的感觉其实更强烈。因为正当桑德森话说到一半时，彼特斯太太猛地从椅子上站了起来，将他们的注意力转移到草坪上的某一个东西上。它正悄悄地穿过草坪向他们靠近，它体积较大，形状很奇怪。它似乎升得很高，连树丛上方略带落日余晖的天空都被它遮得黯淡无光了。她后来说它是成"环状"移动的，其实也许是想说"螺旋状"。

她有气无力地叫起来："它最终还是来了！是你把它引来的！"老太太全然忘记了待客的礼貌，气急败坏地转向桑德森。她又气又怕，说话都有点上气不接下气了。"我就知道……如果你继续讲下去的话，我知道它会来的。噢！噢！"她说着又叫了起来，"是你的话把它引出来的！"她的声音里充满了恐惧，令人不寒而栗。

但是两个男人都被她突如其来的举动惊呆，并没有听清她那一通没头没脑的气话。过了一会儿，什么也没发生。

"你刚才看到了什么，亲爱的？"她丈夫惊讶地问。桑德森缄口不语。三人都探身向前，她好像是故意站到了丈夫与草坪之间。她指向窗外，小手的轮廓似乎映在了黯淡的天际，黄色的披肩从手臂上垂了下来，像朵飘扬的彩云。

"过了那棵香柏，在香柏与那些紫丁香之间。"她的声音细细的，已没有刚才那般尖利。"那儿……现在你们看,它自己又转起来了——转回去了,感谢上帝!它又回到森林了。"她的话音渐渐低了,似乎还略有些颤抖。她又长长舒了口气,断断续续地说:"感谢上帝!我刚才在想……起初……它是冲着我们来的!戴维……是冲你来的!"

她又从窗口踱回来,在暗处摸索着椅子,却摸到了丈夫伸过来的手。"抓住我,亲爱的,快抓住我……抓牢了,别让我走了。"她喃喃地说,几乎有点儿不太正常了。丈夫把她带回原处,安顿她坐好。

"是烟,索菲娅,亲爱的。"他说得很快,尽管想让声音听上去镇定自若,"我看到了,没错,是从园丁的小屋那飘过来的烟。"

"但是,戴维,"她的低语中又流露出几分恐惧,"它还发出声音了,现在还有。我听见了'沙沙'的声响。"她举出了一些象声词,像"沙沙""咝咝""嚓嚓"之类的,"戴维,我真的很害怕。刚才出现的真的是个可怕的东西,都是这个人把它招来的!"

"好了,好了。"她丈夫小声地劝慰着,抚摸着她颤抖的手。

"它是被风带来的。"沉默不语的桑德森突然开口了。昏暗的光线中看不清他的面部表情,只听见他的声音很轻柔,毫无畏惧。一听到他说话,彼特斯太太又开始发作了。老先生只得把自己的椅子稍稍前移,不让妻子看见桑德森。彼特斯也有些迷惑了,几乎有点儿不知所措,这一切都来得太突然了。

但彼特斯太太的确是怕得要命。据她而言,刚刚看到的怪物是从他们家花园外边的森林里过来的。它鬼鬼祟祟地向他们靠近,似乎带有什么目的,行动缓慢而且颇有些费力。然后好像有什么将它拦住了,它没法越过那棵香柏,是香柏将它挡了回去——她后来也存有这么一个印象。那片森林就像涨潮时的大海,在夜色掩盖下汹涌而来,她刚刚看到的只是无数浪涛中的第一浪。她不禁想起了孩提时在沙滩上见过的潮起潮落,她曾惊诧于它的神秘,又惧怕它无与伦比的威力。此时,她仿佛感觉到一种势不可当的力量正向她迫近,威胁到她本人与她拥有的一切,她对此本能地萌发出抗拒之意。也正是在此刻,她认清了森林的本性——邪恶无比,处处潜藏着恐吓与威胁。

她踉踉跄跄地从窗口旁挪开,试着去触碰电铃。她模模糊糊地听到桑德森的一句话——或者是她丈夫在自言自语。"因为我们谈到了它,所以它就来了。我们陈述的一些想法使它意识到我们的存在,但是香柏挡住了它。你看,它无法穿过这草坪……"

三个人都呆呆地站在屋里。彼特斯太太刚刚触到电铃,她丈夫立刻以不容置疑的口气说:"亲爱的,什么也别跟汤普森说。"他的声音明显带有几分焦虑,但外表早已恢复了镇静,"园丁也许会……"

桑德森打断了他:"请允许我去查看一下。"夫妇二人还未作答,桑德森已跳出窗外。他们看着他跑过草坪,消失在夜色中。

片刻之后,女仆听到铃声进来了,身旁还跟着狂吠不止的家犬。

"把灯点上。"男主人立刻吩咐道。女仆轻轻地掩上门,他们听到院墙外呼啸而过的风中似乎带着一丝幽怨与哀伤,远处的树叶也随之沙沙作响。

"你看,起风了,刚才是风!"他温柔地揽着妻子,试图抚慰她。他发觉妻子在瑟瑟发抖,他知道自己也在不停颤抖,但并非因恐慌而起,而是因为他感到一种莫名的兴奋与欣喜。"刚刚你看见的是烟,从斯特赖德的小屋里冒出的,或许是他那会儿正在花园里烧垃圾呢,至于我们听到的声音,是树枝在随风舞动时发出的。你怎么会这么紧张呢?"

耳旁飘来太太细若游丝的回答:"我这么害怕都是为了你,亲爱的。那个人让我感觉特别不舒服,因为他能够影响你。我知道,这样想很傻。我想……我太累了,我感觉我简直是疲惫不堪。"她絮絮叨叨地说着,一直望着窗外。

"客人的来访让你太紧张了,"他宽慰着妻子,"你有点儿不堪重负了,我们不习惯有客人来这儿,他明天就会走。"彼特斯握住她冰冷的手,温柔地抚摸着。他心头涌起奇妙的兴奋感,不由得心跳加快了。他不清楚这到底是怎样的一种兴奋,但他也许知道它是因何而来。

彼特斯太太在晦暗的光线中费力地盯着丈夫看,忽然冒出一句古怪的话:"我觉得,戴维,你好像……变了。我今晚特别烦躁不安。"

她没有再提及丈夫请来的客人。

草坪上传来的脚步声提醒他们桑德森已经走近了。彼特斯急忙压低了声音答道:"亲爱的,没有必要为我担惊受怕,我没有什么不对劲的。请你相信我,我现在感觉非常好,非常快乐。"

女仆汤普森进屋送来了灯盏,房间里亮了起来。她刚刚离去,桑德森就从窗子里爬了进来。

"没什么。"他说着随手关上了窗子,口气很轻松,"有人在烧树叶,烟气穿过树林飘过来了。"他意味深长地看了男主人一眼说,"起风了……在森林里……往远处。"这次他很谨慎,没让彼特斯太太察觉。

但是彼特斯太太还是注意到了两处异常。她看见他目光一闪,与此同时她丈夫的眼睛也猛地一亮。她还觉察到他最后一句似乎很简单的话其实颇有深意——"起风了……在森林……往远处。"他想说的肯定不是"风",而是别的什么。而且,它也没有飘往"远处";恰恰相反,它正在悄悄逼近。此外,还有一点令她倍感不安——她丈夫显然听懂了桑德森的言外之意。

四

"戴维,亲爱的,"夫妇俩人单独在楼上时她喃喃地说:"对那个人,我总是有一种很可怕的感觉，根本没法摆脱。"她几乎是颤抖着吐出每一个字，令彼特斯先生不由得心生怜爱。

他温柔地望着她。"什么样的感觉，亲爱的？有时候你太富于幻想了，不是吗？"

"我想，我的意思是——"她犹豫着，说话都不顺畅了，显然是惊魂未定，思维还不是很清晰，"我是说，难道他不是个催眠师？或者是个满脑子邪念的家伙？你知道我的意思是——"

对于她突如其来的困惑与惊慌，他早已司空见惯，一般不会费口舌与她争辩，或是更正她的偏颇，但是今晚他感觉她需要耐心、温柔的劝慰。于是他尽己所能地安慰着妻子。

"即使是这样，也没什么不妥。"他尽量使语气平静一些，"这些不过是给一些旧想法换个新名称，你知道的，亲爱的。"他的回答没有丝毫的不耐烦。

"我的意思是，"彼特斯先生害怕听到的话还是汩汩涌出了，"他是《圣经》里警示过的将会到来的事物中的一分子——那些新事物之一。"一想到预言书以及各种反基督的鬼怪，她就感觉像是刚刚逃离了骇人的猛兽。通常是教皇容易激起她的怒火，她对他非常了解，攻击的目标明白无误，而她对森林与树木却知之甚少，因此这一次的对手更可怕。她继续说道："他让我想到了高高在上的大公国元首，想到那些在暗处走动的东西。我不喜欢他说的关于树的情况,比如它们在夜间就变活了,诸如此类的话,这让我想起披着羊皮的狼,更何况我还看到了草坪上空那个可怕的东西……"

但他立刻打断了她,他已决定不再谈论这个话题。"索菲,我想,他只是想说,"彼特斯的语气变得严肃了,但依然面带微笑,"树木中也许存在着有意识的生命——总的说来,这肯定是个不错的想法——我们前几天晚上在《时代周刊》上也读到过类似的东西,还记得吧?那么,一个大森林也许就是一种生命的集合体。我们得记住,他是一个富有诗意的艺术家。"

"这样很危险,"她一字一顿地说,"我感觉这是在玩火,不明智,也不安全——"

"但所有人最终都得去见上帝,"他温柔地插了一句,"我们不能拒绝接受知识,不论是哪一类的知识,对吗?"

"戴维,对你来说,你是希望接受新的思想,你的愿望已超过了思想的发展。"她反驳道,"求新的人会遭殃的。"她想提醒他不要再有那些怪念头。"难道各种新想法我们都要尝试,不论它们是否符合上帝的意志?"她又试探性地问道。

"当然,亲爱的,我们总是能做到的。"他的语气很肯定,说完就上床了。

她把灯吹灭了。彼特斯在入睡前依然感觉有些莫名的兴奋与欣喜。过了一会儿，他意识到自己也许还没有好好地抚慰完妻子。她醒着躺在他身旁，依旧恐慌不安。

他抬起头，轻声对她说："索菲，你肯定也记得，在我们与那些新奇的想法之间总是存在一道鸿沟，一道无法逾越的鸿沟。"

没有听到回答，他以为她已经安睡。但彼特斯太太并没有睡着，她听见了他的话，只不过不愿表露出自己的想法。她很怕在一片漆黑中听到这些话，外边的森林正在静悄悄地倾听着，或许已经听到了。

她的想法其实就是：那道鸿沟当然是存在的，但桑德森却以某种方式将它变浅了。

夜已深了。她一直睡得颇不安稳，突然一个声音将她从梦中惊醒。她惊恐不安地凝神细听，几乎什么也听不到，只有模糊不清的夜的低语。她是在梦中听到的，梦醒之后那声音依然存在，就是傍晚时分从草坪上传来的沙沙声。只是这一次越发近了，就在这间屋里，像是树枝迎风飞舞的声音，又像是树叶在窃窃私语。

"大概是那棵桑树的树梢被风吹动了。"一个念头从她脑中闪过。她刚刚梦到自己不知到了何处，躺在一棵大树下。大树枝繁叶茂，正张开无数绿色的嫩唇呢喃低语。她醒来之后，这梦还持续了一会儿。

她在床上坐起，紧张地朝四周看看。天窗还开着，露出夜空中的星星；门和平常一样被锁住了；房间里当然也是空的，一片寂静。偶尔从床边的暗处响起另一种声音，是人的声音，却极不自然，令她更觉恐怖。尽管她对这声音感觉很熟悉，却说不出到底是什么在发声，几秒钟过去了——这几秒显得极其漫长——她忽然明白过来是丈夫在说梦话。

但这话音的方向却令她越发迷惑了，因为它并不是来自她的身旁，好像离她还有一段距离。借着微弱的烛光，她看见丈夫白色的身影就在屋子中间，面向窗户。他双臂前伸，朝窗子挪近了一些。他的声音很低，咕噜咕噜地说了一长串，她根本无法听清。

她打了个寒战。她一向认为梦呓有点神秘得近乎可怕，它是对人声的不自然的模仿，就像是死人在说话。

"戴维！"她轻轻地喊了一声，怕被自己的声音吓着，又怕惊扰了丈夫，她不敢看他双眼圆睁的样子。"戴维，你在睡觉时走动呢。快回到床上吧，亲爱的，快点啊！"

她的轻声呼唤在寂静漆黑的房间里听上去响得骇人。听到她的声音，他停下了，然后慢慢地转过去面对着她。他的眼睛睁得很大，直盯着她看，却没有认出她。他的目光穿过妻子投向别处，他好像很清楚声音的来源，却没能看到她。她注意到他的双眼炯炯发光，就像几小时前桑德森的眼睛一样；他的脸变得通红，显得焦虑不安，心烦意乱。

她猛然意识到他发烧了。他慢慢地回到床上,仍旧没有醒来。她暂时忘记了害怕,轻轻地帮他合上眼皮。很快他就安然入睡,或者说进入了沉睡状态。她设法让他吞服了床边杯子里剩下的药。

然后彼特斯太太轻手轻脚地起身关上窗户,毕竟深夜吹进的空气里寒气太重。她把蜡烛放在照不到他的地方。看见烛光旁有一本厚厚的《圣经》,她就感觉镇定多了,但潜意识里仍存有一丝警觉与恐惧。她正一手关紧窗户,一手拉着窗帘绳,突然丈夫又在床上坐起来喃喃自语,这一次她倒是听得很清楚。他两眼又睁得圆圆的,手里还指着什么。她站在那儿静静地听着,投在窗帘上的影子有点变形了。

丈夫的低语声非常清晰,但也异常骇人。

"它们在远处的森林里喊叫……我……我得去看看。"说着他就朝树林望去,"它们正需要我呢,它们要来找我……"然后他迷茫的目光又投向了屋里。他又躺下了,他的目的突然又变了。这一改变尤其可怕,因为这表明他已涉入了远离她的另一个微妙的世界。

丈夫离奇的梦话令她浑身发冷,她几乎被吓呆了。梦呓者的声音与清醒时的话语虽然只是略有不同,却令人烦恼不安,其中似乎隐藏着无尽的危险与邪恶。她静静地斜靠在窗旁,浑身不住地颤抖,忽然有了种可怕的预感——它们正要进来接他。

"现在还不行。"她听见床上的声音愈发轻了,"还是以后吧,这样会更好……我以后再去……"

这些话道出了她心中的隐秘。这正是她多年来惧怕的,而桑德森的出现似乎将她的恐惧推向了最高点。这恐惧感已有了具体的形式,正在向她迫近,她只能以虔诚的祈祷求得神灵的帮助与庇护。丈夫梦中的痴语分明无意识地暴露了他内心世界的愿望与需求,而他一直将这一切深藏心底,从未向她透露过只言片语。

彼特斯太太又回到丈夫身边,发现他又安静了。他的双眼已闭紧,这一次是他自己合上的,脑袋安稳地靠在枕头上。她轻轻地抚平床单,用手小心地遮住烛光,仔细看了他一会儿,他的脸上露出了一丝异常平静的微笑。

然后,她吹灭蜡烛,跪下祷告了一会儿才重新回到床上,但已睡意全无,整夜都醒着,时而苦思冥想,时而默默祈祷。直到鸟儿一齐唱起晨曲,晨曦已映照在绿窗帘上,她才筋疲力尽地入睡了。

当她睡着后,远处森林里仍有呼啸而来的风声。这声音愈来愈近——有时就近在咫尺。

五

随着桑德森的离去,这一系列的怪事也渐渐被忽略了,因为当时那些紧张、恐惧、不安的情绪早已不复存在。不久彼特斯太太就认为主要是因为自己的神经过于紧张,心理有点失衡,她并没有觉得自己的心态转变得非常突兀。一切都像是自然发生的,她丈夫再也没有提及那些事,她也想起生活中的许多事情,起初都是难以被理解的,后来都会渐渐地变成寻常小事。

当然,她还是认为那画家的来访与他狂放不羁的言谈对一系列怪事的出现有着不可推卸的责任。他总算知趣地走了,生活又恢复了常态。彼特斯的高烧尽管与平常一样并没有持续很长时间,但足以令他无法起身与客人话别。于是她代表丈夫为画家送行,并转达了他的遗憾之意。那日清晨,她目送桑德森离去。他戴着礼帽、手套,显得温顺知礼,毫无异常之处。

望着马车载着客人远去,她想:"毕竟他只是个艺术家罢了!"其实她也不敢凭借有限的想象力去猜测他有别的什么身份。她的感受已有了全新的变化,并为自己先前的失礼感到有点羞愧。当桑德森俯身行吻手礼时,她报以真诚的微笑,因为体验到了真正的解脱感。她没有暗示要他再次来访,她丈夫也没有提及此事,这又令她心满意足地长舒了口气。

彼特斯的家园又恢复到了他们早已熟悉的平静而又有点乏味的生活，阿瑟·桑德森的名字已很少被提起。至于丈夫梦游时怪话连篇的事，她也只字未提。但要忘掉这件事同样也是不可能的，它就像不知名的疾病潜伏在她心里，只要一遇到恰当的时机，就会出现各种神秘的病兆。每日清晨与深夜，她都要虔诚地祷告，祈求上帝帮她忘记这一切，并保佑她丈夫安然无恙。

从表面上看彼特斯太太显得有些脆弱，其实她相当理智，能较好地把握心理的平衡。她远比自己想象的要伟大。她对上帝有一种坚不可摧的信念，事实上她对上帝的信仰与对丈夫的挚爱已经合二为一了，没有纯洁高尚的心灵是无法做到这点的。

紧接着夏季到了，美丽而又暴烈。它的美在于绵绵不断的清新夜雨，延续了春日的光辉，将绿叶冲洗得鲜嫩欲滴；它的暴来自横扫英格兰南部的大风，整个乡村似乎都在随风起舞。树林在狂风的肆虐下发出隆隆的低吼，不绝于耳。呼啸的风声似乎永远都不会飘出天际；时而欢畅，时而怒吼。秋季还未到，落叶就已漫天飞舞。数日的呼啸、狂舞之后，许多树都累倒在地。草坪上的香柏在接连两天内被吹折了两大枝干，而且是在同一时间——就在薄暮时分。这时的风力往往是最猛烈的，随后就会与落日一起隐退。两段吹折的巨枝几乎盖住了半个草坪，都快靠近房子了。香柏树上留下了一个丑陋的空洞，于是整棵树看上去已被摧毁了一半，就像一个被夺去了旧日辉煌的大怪物。透过断枝处的空洞，可以凭窗眺望到远处的林中空地，尤其是透过客厅与卧室的窗子。

彼特斯太太的侄子与侄女恰巧来拜访他们，并要逗留一段时日。孩子们非常乐意帮园丁清除草坪上的残枝断茎。这项工作花了两天的时间，因为彼特斯先生坚持要把这些枝杈完好无损地搬走，他不允许砍掉这些树枝，也不同意把它们作为烧火的木柴。在他的监督下，那些纵横交错的树枝都被拖到了花园的边缘，成了森林与草坪之间的一道边界线。孩子们对这一任务非常投入，干得热火朝天。这一阻挡森林进攻的"防御工事"必须修筑得坚不可摧。他们感觉到姑父做事非常热切认真，甚至还带有某种深藏于心的动机，而索菲娅姑妈这次却显得老气横秋、无精打采的。

"她变得又老又好笑。"斯蒂芬禁不住评论起姑妈。

艾丽斯从姑妈的闷闷不乐中察觉出一丝惊恐，她说："我认为她是害怕那个森林，你看她从未和我们一起去过那儿。"

"就是因为这个，我们才要垒出一道树篱，坚不可——嗯，又厚又大又坚固，"男孩说到"坚不可摧"时纠结了一下，"什么都无法穿越，对吗，戴维姑父？"

彼特斯先生脱掉夹克，只穿着那件带有点状花纹的马夹，与孩子们一起用香柏的枝丫搭起树篱。

"加油啊！"他说，"不管怎样，我们必须在天黑之前干完，远处森林里已经起风了。"艾丽斯听到姑父的话后立即对同伴重复了一遍："快点干活，你这个懒家伙。难道没听见戴维姑父的话吗？不然我们还没弄完，风就要吹来了。"

他们像特洛伊人一样卖力地干活。爬满紫藤的南墙下坐着彼特斯太太，她一边编织着东西，一边看他们搭树篱，不时说些无关紧要的建议。当然，这些话没人注意，事实上他们都没听到，因为太专注于工作了。她提醒丈夫不要太累着，艾丽斯当心刮破裙子，斯蒂芬别把背拉伤了。她一会儿惦记着楼上顺势疗法的药盒，一会儿又焦急地盼着树篱完工。

这次香柏树枝的折断使她沉睡已久的惊恐又苏醒了。桑德森先生来访的回忆早已沉淀在记忆的底层，现在又被激活了，她又记起了他那些可怕的言谈，许多她希望能忘掉的事情又在潜意识里清晰呈现。忘却是根本不可能的，它们看着她，冲着她点头，充满了活力，根本不愿被搁置一旁或深埋心底。"看哪！"它们小声地冲她说，"我们早就说过会这样。"它们一直在等待机会证明它们的存在。她以前经历过的种种不快又悄悄袭来，心中又满是焦虑不安与莫名的恐慌。

香柏的树枝被风吹折原本只是一件无足轻重的小事，但她丈夫对此的态度却令事情变得复杂了。虽然他并没有刻意说过或做过什么令她惊恐不安的事情，但他显然非常看重这件事，他所表现出的热切与投入有些过度了。整个夏季她都没有察觉丈夫仍对树木关爱有加，现在她意识到他是故意向她隐瞒的，在他内心深处早已涌出许多其他的想法与愿望，但他要将这个秘密永远藏在心底。到底都是些什么想法？他将要被带往何处？香柏枝被吹折一事将事情残酷的一面暴露无遗，但他显然还没有完全意识到这点。

他还在那边与孩子们一起搭树篱。望着他那张严肃阴郁的脸，她愈发焦虑不安。更令她苦恼的是孩子们也干得很卖力。他们不知不觉地支持了他，她也无法说出究竟在惧怕什么，但她知道可怕的东西就在那儿虎视眈眈地等着她。

原先她还能勉强对付这种时有时无、模模糊糊的恐惧感，而现在恐惧感随着香柏树枝的折断愈发逼近了。事实的真相虽然难以解释，但她能清醒地意识到它的存在。一切都难以捉摸却又活灵活现，令她惊惧交加、迷惑不解。它的存在如此真切，诱使她苦思冥想，却只能看到一个半遮半露的影子。乱麻般的思绪中猛然冒出了一个清楚的想法，她捕捉到了，却难以用语言表述，大概是这样的意思：那株香柏在他们的生活中代表着善意与友好，它的折断意味着灾难；一种能够保护小屋,尤其是保护她丈夫的力量被削弱了。

"为什么你这么害怕大风呢!"几天前在一个狂风肆虐的日子里他问道,而她给出了一个令她自己都无比惊讶的回答,头脑中那些不自觉存在的想法忽闪而过,于是真言脱口而出。

"因为,戴维,我感觉——森林随风而来,"她支吾地说,"大风把森林中的东西吹进了人的思想,吹进了我们的房子。"

他锐利的目光盯着她看了一会儿。

"这肯定就是我喜欢大风的原因了。它吹动树木的灵魂,让它们像云儿一样在空中飞舞。"

那次的谈话到此为止。她以前从未听过他这样对她说话。

还有一次,他劝她一起去较近的一片林间空地,她问为什么还要带一把小斧头。

"用来砍掉那些常春藤,它们缠绕在树上,会夺去树的生命。"他说。

"但是护林工不能做这些吗?他们领了工钱就应该做这些事,不是吗?"她问道。

可是他解释常春藤是树木无法单独对付的寄生植物,而且护林工们干活粗枝大叶,随意乱砍几斧头就收工了,根本不会彻底清除常春藤。

"再说,我也乐意这么做。我喜欢帮助树木,保护它们。"他又补充了一句。他们走过之处树叶沙沙作响,似乎听到了他的话。

这些零星的只言片语以及他对那棵香柏的态度，都表明了他的个性正在发生微妙的奇怪变化，显然整个夏季这一变化都在持续。

他一直在变化——这个想法令她无比惊骇——就像树的生长，每天的变化细微到不被人注意，而整个的变化趋势却是难以抗拒的。他的思想、行动都在变，有时候几乎连他的脸也在变。这变化不时会突兀地显现，令她惊恐不已。他与树木亲密无间，他的生活已与它们紧紧相连。它们的利益与他休戚相关：他的行动与它们的相一致，他的思想感情与它们的相融合，他的目的、他的希望、他的需求，乃至他的命运……

他的命运！她的心头猛地抽动了一下，莫名的恐惧又一次袭来。她已无法摆脱它的影响，直觉驱使她将丈夫与树，尤其是那些森林里的树联系起来。这一点比死亡的威胁更令她惧怕，因为死亡仅仅意味着他从形体到灵魂的转变。她根本无法面对这一切，她试图竭力述说此事的荒谬，劝服自己忘掉这些，但还是发现，只要一想起丈夫，森林也会随之浮现在脑海中。两者已经紧密相连，融为一体了。

这个奇怪的想法时隐时现。刚要凝神细想，它就消失得无影无踪，令她难以捉摸。她无法用语言描述这个模糊的念头，也从未真正地捕捉到它。但即使它遁形隐迹，它的影响仍会持续，恐惧感自然是挥之不去的。

简而言之,她凭直觉苦苦搜索的想法大概是这样的:她丈夫爱她也爱树,但树是后来者居上,独占了他的一部分,而她却对他的这部分一无所知。她爱她的上帝与他;他爱他的树与她。

于是她在困惑犹豫之后得出一个结论:整件事情实质上是一场令人痛苦不堪的纷争,没有硝烟的隐秘战斗正在进行。香柏的断枝就是远处神秘力量对抗的见证,而这一对抗正由远及近,向他们步步紧逼。大风不再停留在远处的森林,它已冲着森林与花园的边界呼啸而来。

与此同时,夏季已近尾声。树林中传来秋风的叹息,树叶也变成了灿烂的橙色。秋日的黄昏提早布下了朦胧的暮色,不妙的事情也随之而来,不是未经思虑或来自一时的冲动,而是准备充分,来势迅猛,一切似乎都在意料之中。过去十年间,每逢夏秋之交他们都会到圣拉菲尔旁的塞莱斯村度假,这已是无须商量的例行家事,但这一次戴维·彼特斯居然不愿去了。

女仆汤普森摆好茶桌、茶罐,在桌下放了盏酒精灯,以她惯有的方式轻捷地拉下窗帘,然后离开了房间。酒精灯还没点着,壁炉的火光照在希腊式的扶手椅上,爱犬博克瑟躺在黑色的小地毯上睡着了。墙上的镀金画框微微闪光,而画本身却看不清楚。彼特斯太太已温好茶壶,正要倒水烫茶杯。坐在壁炉对面的彼特斯突然抬起头冲她说:"亲爱的,我不可能去了。"他好像已思量良久,而她只听到了他最后的决定。

丈夫猛然冒出这么一句，她起初都没听明白，还以为他是指不想去花园或森林。尽管如此她还是禁不住心头一颤，他的语气中透出不祥之意。

"当然不去了，"她答道，"现在出去，根本不行。为什么你要——"她是想说秋夜草坪上薄雾弥漫、湿气很重，但是话未说完她已意识到他分明指的是别的事情。她的心又猛然抽动了一下。

"戴维！你是说不去国外了？"她倒吸了口气。

"对，亲爱的，就是这个意思。"

他的语气如此严肃、坚决，不禁使她想起数年前他去丛林探险前与她告别时的情景。过了好一会儿，她都不知该说什么，只得去摆弄茶具。她机械地往茶杯里加水，直到水溢出来，然后又慢慢地把茶杯里的水倒在水盆里，她竭力不让他看出她的手在发抖。壁炉里的火光与昏暗的光线掩盖了她的紧张与恐惧，但其实他根本就没有注意到她的变化，他的思绪早已飘向远方……

六

彼特斯太太从未喜欢过他们现在的家。她比较中意平坦开阔的乡村，房前可以清楚地看到人来车往。他们这座位于征服者威廉的狩猎场边缘的小屋,与她理想中安全宜人的住处相去甚远。靠近海岸,前面有一览无遗的美景,后面有广阔的丘陵,没有树木丛生,像英格兰东南部的伊斯特本才是她向往的安家之地。

她对禁锢与束缚有着本能的反感,尤其憎恨被树所包围,她大概患有幽闭恐惧症。这可能是由于在印度时,树将她丈夫诱走,还使他陷入险境。在孤身一人的漫长日子里,她对树的反感已根深蒂固。她曾以自己的方式与这奇怪的感觉较量过,但从未将它摆脱过,它总会稍做改变又轻车熟路地沿原路返回。后来她遵从丈夫的意志,在树林近旁安家。她以为自己已经赢得了这一较量,但不到一个月,她又对树产生了莫名的惧怕,无数的树似乎就在她面前得意地大笑。

她一直认为坐落在他们小屋旁的森林就像一堵巨大的、密不透风的高墙,时刻监视他们的一举一动,窃听他们的一言一语,将他们紧紧包围,无法逃离。她竭尽全力想否认这一怪念头,而她头脑也的确比较单纯,所以有时能几个星期都不去想它。然后,严酷的现实又将它带回。它似乎已成了一种独来独往的恐惧感,能够脱离其他的情绪单独存在。这恐惧感时隐时现,即使消失后,仍在从另一角度窥视着她,伺机再度进攻。它只不过是暂时撤退,隐藏到角落里。

森林从未放过她,它随时准备侵犯她的领地。有时她感觉所有的树枝都在往一个方向伸展——朝着他们的小屋与花园,仿佛想将他们吞没。宏大壮观的森林无法容忍一个仿造品——他们整洁的花园——傲慢地滞留在它的正门口。它恨不得令小花园窒息而亡，每一阵呼啸而过的狂风都显示了它雷霆般的震怒，在森林腹地一直有愠怒的低吼。

所有这一切她都无法用语言表达，精确地运用语言远非她能力所及。但她能凭借本能感觉到这点，因此极为不安，而且主要是因为丈夫的缘故，正是戴维对树的特殊兴趣使得这些想法时时在她心中涌现。

忌妒又以无比微妙的方式加深了她对树的反感，即使再通情达理的妻子都无法抵制忌妒心的挑唆。她觉得丈夫对树的激情是自然天生的，这一激情决定了他的职业，滋长了他的雄心，丰富了他的梦想、需求与愿望。他一生中最美好的年华都用来照料、保护树木，他了解它们，理解它们的秘密与天性，"宠爱"它们就像别人"宠爱"狗与马一样，一旦远离它们，就会像得了思乡病一般心神不宁、体力衰退。森林会令他欢欣快乐、心境平和，也能抚慰他的哀伤。树木会影响到他的生命之源，能加速或减缓他的每一次心跳。与它们分离，他会衰弱憔悴，就像一个爱海的人在内陆颓丧度日，或是一个登山者被困在平坦单调的大平原。

对此她能够理解，也做出了让步。对于住房的选择，她就温顺地屈从了丈夫的决定。毕竟在这个小岛国不会有大片浓密的充满野性的原始森林。小岛僻静神秘，又不失深沉与壮丽。

只在一个细节上他听取了她的意见。他同意让小屋坐落于森林边缘，而不是位于林地中心。他们已经在这儿住了十二年，生活得快乐祥和，周围是广袤的森林，其间有沼泽、荒原与无数魁伟的古树。

仅仅是在两年之前，随着他自己年岁增长、身体渐衰，他才非常明显地流露出对森林的激情与兴趣。她是亲眼看着这种感情逐渐加深的，起初她一笑置之，然后是深表同情，真诚地谈论，随后开始温婉地争辩，最终意识到自己对此无能为力，于是浓重的恐惧感又涌上心头。

他们每年都要离开英国一次去度假六周，夫妇俩人对此的态度迥然不同。对丈夫而言，这无异于一次痛苦的流放，对健康毫无益处，他渴望见到他的树，思念它们的音容笑貌。但对她而言，却意味着一种解脱，她总算逃离了萦绕心头的恐惧。要知道放弃在阳光灿烂的法兰西海岸的六周度假是这个小妇人所无法承受的，即便她是一个非常无私的妻子。

在最初的震惊之后，她开始仔细地考虑丈夫的决定。她默默地祷告，偷偷地哭泣，最终打定了主意。她清醒地意识到责任感指示她放弃度假，虽然教训将会是惨痛的，但此时她做梦也不会想到究竟会有何等惨痛的后果。这个善良坚定的基督徒毫无怨言地接受了这一决定，显示出烈士般的勇气。她丈夫永远也不会知道她付出了多大的代价，只有在对树的激情上，他才与她表现得一样无私。许多年来她对丈夫的爱如同对神明的崇敬,真挚而又深沉,她愿意为他做出牺牲。

丈夫向她解释不去度假时,所用的方式也十分独特,听上去并非出于自私的个人嗜好,而是努力在相互冲突的意愿之间寻求折衷。

"索菲娅,我觉得我实在无法做到,"他盯着壁炉慢慢地说。他两腿前伸,靴子上满是泥泞。"我的责任与幸福都在这儿,在这片森林里,在你身上。我的生命已深深地扎根于这片土地,一种我也说不清的东西将我的内心世界与这些树紧密相连,与它们分离,我会受不了,甚至会死掉。我的生命会逐渐枯竭,这里是我的能量之源。我实在没法解释得更清楚一些。"说完他抬起头隔着茶桌盯着她的脸看。她看见他的表情非常严肃,目光沉稳,炯炯有神。

"戴维,你能这么强烈地感觉到!"她说着把沏茶的事全忘了。

"对,"他答道,"的确是这样,这与肉体没关系,是我的灵魂感觉到的。"

他所说的那种感觉悄悄地溜进了昏暗的房间,像一个实际存在的活物站到了他们身旁,确切地说,是站到了两人之间。它并不是从窗户或门里进来的,却填满了天花板与墙板之间的整个空间,吸走了她面前炉火的全部热量。她突然觉得很冷,既有点困惑又惊恐不已。她几乎感觉到树叶已被风吹了进来。

"有些……有些东西,"她犹豫地说,"我想,上帝并不打算让我们知道。"这话表明了她对生活的总体态度,并不仅仅针对这次的事情。

他仿佛没有听见她温和的批评,过了一会儿,又严肃地说:"你看,我无法解释得更明白一些。我与树之间有一种深厚的、难以割舍的情结,它们能发散出神秘的力量,让我健康幸福地存活着。如果你不能理解,我觉得你至少能够……谅解。"他的口气温和了一些,"我知道,我的自私是不可原谅的,但我不知道为什么根本控制不了。这些树与这个古老的森林是我活下去的支柱,如果我离开——"

他说不下去了,倒头靠在椅子上。彼特斯太太的喉咙霎时像被一个硬块堵住了,噎得她很难受。她走过去轻轻地抱住丈夫。

"亲爱的,"她轻声劝慰着,"上帝会帮我们的,我们要接受他的引导,他总能给我们指明方向。"

"我的自私折磨着我——"他又开口了,但她没让他说完。

"戴维,他会帮我们的,没有什么能伤害你。你从未自私过,我不能容忍你这样说。上帝会指出一条光明之路,为你,为我们两人。"她亲吻着他,不让他说话。她为了他紧张得心都提到了嗓子里。

然后他建议也许她可以自己外出一段时间,可以在她弟弟的别墅里与孩子们——艾丽斯与斯蒂芬住在一起。她也知道那别墅是一直对她开放的。

"你需要换一下环境,"当女仆进来点着灯又离开后,他说,"而我却害怕换地方。你外出时，我能照顾自己。你能出去散心，我也会感觉好受些。我不能离开我深爱的森林，亲爱的索菲。"他坐直了望着她，声音近乎耳语，"我甚至觉得，我再也不能离开它了，我的生命与快乐都在这里。"

她寻思着决不能抛下他，让他独自承受森林势不可当的影响力。同时，她又受到了妒忌心的折磨。丈夫居然将森林置于第一位，他爱森林胜过爱她。而且，他的话还隐含了一些令她极其不安的想法。由桑德森带来的恐惧感又被激活了，像只鸟儿在她面前扑棱着翅膀。整个谈话都含有一种言外之意——他无法离开这些树，而它们也同样需要他。他一直竭力向她隐瞒这一点，但最终还是被她发现了，这愈发加剧了她心中的痛楚与悲哀。

她分明能感觉到树木对他的思念，他一直是精心呵护、尽心护卫、深深眷恋着树木的。

"戴维，我要留在这儿，和你在一起。我觉得你真的很需要我，对吗？"彼特斯太太热切地问道。

"比以前任何时候都更需要你，亲爱的。因为你无私的奉献，上帝应该给你更多的祝福与庇护。"他又补充道，"你其实并不理解是什么让我必须留下来，这就使你为我做出的牺牲更为伟大。"

"也许在春天就可以——"她的声音有些颤抖。

"在春天，也许吧。"他轻声答道，声音低得几乎听不清楚，"到那时它们就不会再需要我了，春天时它们就成了世界的宠儿，只有在冬天它们才会被冷落、被遗忘。我尤其希望我能陪伴它们度过冬天，我甚至觉得我应该，也必须这么做。"

他们也没再多说，就这样做出了决定，至少彼特斯太太没有再问什么，她尽量克制着，不表现出过多的赞同。倘若如此，她丈夫也许会畅所欲言，说出一些她根本无法忍受的事情，她不敢冒险尝试。

七

夏季已近尾声，秋天紧随其后。这次谈话恰巧发生在夏秋之交，也标示了彼特斯性格的转变。他原先多半是消极忍让，现在却变得咄咄逼人、坚持己见。彼特斯太太几乎都觉得自己的让步是个错误，因为这使丈夫变得愈发大胆，抛却了一切掩饰。他经常毫无顾忌地去树林，忘记了所有的义务与责任，甚至还试图劝说她一起去。一直深藏心底的秘密终于被去除了一切伪装，表露无遗。她一面因他过多地消耗精力而心痛，一面又禁不住赞赏他表现出的勃勃激情。她的妒忌早已隐退在恐惧之后，现在她唯一的愿望就是保护丈夫，痴情的妻子已变成了无私的母亲。

他越来越不喜欢待在家里，从早到晚都游荡在森林里，经常在晚饭后还要出去。他的所有心思都被树木占据——它们的绿叶与枝丫的生长，它们奇迹般的力与美，它们的孤独与寂寞，它们聚集成林的力量。他熟知每一种风对它们的影响：强劲的北风带来危险；西风赋予它们辉煌；东风吹得它们干燥；温柔的南风湿润它们娇嫩的枝条。他整天都在谈论树的感受：它们贪婪地吸取落日余晖，它们在月光下美梦连篇，它们为星星的吻而兴奋不已。露珠为它们带来夜的激情；霜冻却令它们遁入地下，期待和风煦日时老树再发新芽。它们哺育了周围的小生命——各种昆虫与它们的幼虫。空中落雨，他将它们描述为"沉浸于普降甘霖的狂喜"；正午阳光灿烂，它们"在奇特的树影旁泰然自若"。

午夜时分，她被一个声音惊醒。他分明早已醒来，正朝着中午落有香柏树影的那扇窗子吟诗：

"啊，你在为黎巴嫩叹息，

当长风飘向你东方的故国？

为黎巴嫩叹息，

黯淡的香柏。"

她听得又惊又怕，急忙喊他的名字。他神色平静地说："亲爱的，我感觉到她的孤独——突然意识到的——那棵树远离故土，被放逐在英格兰的小草坪上，而她所有的东方兄弟都在梦中呼唤着她。"他的话如此奇怪，如此离经叛道，她无言以对，只得静静地等他重新入睡。这些诗句令她又一次遭受到怀疑、恐惧与妒忌的折磨。

然而这恐惧感不知为何来也匆匆，去也匆匆，随之而来的是忧虑、不安。她原先怀疑丈夫的宗教信仰出了问题，现在却为他的健康而焦虑，她觉得他可能有轻度的精神失常。她无数次地在祷告中感谢上帝让她留下来陪伴、帮助他。每天她都要祷告两次。

一天牧师莫蒂默先生来访，同来的还有一位小有名气的医生詹姆斯，她竟鲁莽地吐露了丈夫的一些奇言怪行。而医生的回答——"无能为力，无法开药方"——无疑使她愈加困惑不安。毫无疑问，詹姆斯爵士从未如此随意地被人请教咨询。礼遇要与身份相当的观念自然而然地将他为人行医、救治民众的天职抛于脑后。

"没有发烧，您认为呢？"她焦急地发问，迫切地想从医生那里问到点什么。

"我对这些无能为力，我已经告诉过你了，夫人。"这位对症疗法的爵士医师感觉被冒犯了。

显然他不喜欢被秘密地请来，随意坐在草坪上的茶桌旁，回答病人家属的疑问，这能否收到咨询费都成问题。他喜欢为病人看舌苔、号脉，同时还要了解病人的家系出身与银行账户。这种医生简直令人无法忍受，但彼特斯太太还是像落水者一般紧紧地抓住了这唯一的救命稻草。

彼特斯愈发无所顾忌地表现出对树的喜好与痴迷，她想盘问一番都不知该如何开口。但在家里他表现得既温柔又谦和，尽可能令妻子觉得她所做出的牺牲并不十分困难。

"戴维，你现在出去真的不行。晚上又冷又潮，地上满是露水，你会被冻坏的。"

他似乎想到了什么，他的脸为之一亮。"亲爱的，你为什么不能和我一起去呢？就一次，行吗？我只是想去边角处的冬青丛，看看那棵孤零零的山毛榉。"

她曾经在一个天色昏暗的下午陪他出去过，他们走过了阴森森的冬青丛，吉卜赛人在树丛旁搭营露宿。在那一片多石的土地上，只有茂密的冬青，其他树一棵也没有。

"戴维，那棵山毛榉没事的，非常安全。"出于对他的爱，她变聪明了，学会了他的用词。"今晚没有风。"

"但现在起风了，"他答道，"风从东边来的，我听见风就在落叶松那边。可怜的落叶松饥渴难耐，它们需要阳光雨露。东风吹来时，它们总是要哭闹一番。"

听到他的答话，她立刻默默地向神灵祷告片刻。每当他以亲昵的口吻谈起树木，她都会感觉到一股寒意凉彻心底。他怎么会知道这些？

她不禁打了一个寒战。

但是在其他方面及日常生活中,他一直都很正常,而且通情达理、温和善良。只是在谈论树木时,他显得有点古怪,近乎神经错乱。最令人迷惑不解的是,自从那棵夫妇两人都喜爱的香柏断枝之后,他的言行思维似乎愈加怪异了。为什么他看护树时就像在照看一个多病的孩子?为什么他偏好在黄昏时分去体验它们所谓的"夜的情绪"?为什么当风霜侵入森林时,他会如此焦虑?

她不时地追问自己——他怎么会知道这些?

他又去了。她为他关上门时,听见森林中依稀有隆隆的低吼。

她猛然一惊:她怎么也能知道这些?

这发现无异于晴天霹雳,击中了她的全身。她的感官都麻木了,但她很快振作精神,奋起反抗。无尽的勇气像熊熊烈火在她单薄的身躯内燃烧,正是这种勇气曾激励无数的勇士为悲壮而又无望实现的目标战斗不止。她知道自身是弱小的,但她坚信她的上帝时刻支持着她,她身后有推动整个世界运转的伟大神力。坚定的信仰就是伴她勇往直前的武器,而她无私无畏的牺牲精神更能助她一臂之力。她凭借直觉的引导发起了反攻,身后是她的上帝与她的《圣经》。

也许是由于性格单纯,她有时会出乎意料地预感到一些事情。在寂静的深夜祷告之后,或者独自一人在屋里编织、遐想时,一些事物就会浮现在她面前。

它们像一个模糊的影子,她根本无法用语言描述。脱离了语言的束缚,它们愈发具有活力,简直挥之不去。

她耐心静候了几个钟头,它们往往就会接连出现,有时在几天内慢慢地显现。破晓时分彼特斯就出去了,还带了午餐。她坐在茶具旁,等待丈夫归来,茶杯、茶壶都已烫好,松饼在炉子上热着。她猛然间意识到,是一种与她小小的意愿相对抗的东西将丈夫带走了,让他整天在外面长时间逗留。它并不是单独一棵美丽的树,而是聚结成一群。它高耸似山,壮阔如海,具有惊人的威力,它参天的围墙已将她团团围住。她所看到的在风中舞动、沙沙作响的绿树林仅仅是从它深不可测的汪洋边缘溅出的一朵飞沫而已。树林只不过是在它神秘营地四周站岗的哨兵,从远方它无形的主体处传来的可怕的嗡嗡低语已潜入了寂静的房间。屋内,壁炉火光跳跃、水壶咝咝地响着;屋外,在它遥不可及的中心地带持续不停的吼声愈来愈响。

随之而来的是一种战斗在即的感觉。为了赢得她丈夫的灵魂,她与森林之间注定要有一场争斗。这种预感非常强烈,好像汤普森已进来悄悄告诉她小屋被包围了。女仆也许会惊慌失措地说:"夫人,房子四周全围满了树。"她的回答可能是:"没事的,汤普森,它的主力部队还远着呢。"

紧接着另一个发现接踵而来。她惊恐地发觉妒忌心并不仅仅局限于人类与动物界，而是蔓延于造物者所创造的一切生灵中。植物界与自然界中都有妒忌心的存在。树木会妒忌，在秋夜静静地伫立在草坪对面的那片森林同样也会妒忌。试图将所爱之物据为己有的邪恶之力已传遍它所有的根、茎、叶。人类可以将妒忌心有意识地加以引导，动物会对它做出本能的反应，但树木的妒忌心却像盲目的无意识的怒火，会烧尽一切阻挡之物，就像冬风卷走冰面上的浮雪一般毫不留情。它们数目众多，而且有源源不断的后援。一旦意识到激情有所回应，它们就会愈加锐不可当，她丈夫深爱着这些树，它们现在已经知道了，最终它们会从她身边夺走他。

后来大厅里响起他的脚步声与关门声，她分明看见有树影闪过，她意识到丈夫对树的爱已经使两人之间的分歧愈来愈明显。整个夏季，尤其当她为了留在他身边做出巨大牺牲时，她感觉与他几乎亲密无间。与此同时，他却慢慢地与她疏远了。这已是既成事实，两人之间隔着一条无法逾越的鸿沟。在鸿沟这边，她看到了一切残忍的变化。曾经与她深深相爱、情话绵绵的那个人已成了一个小小的黑影子，正转身离她而去。

他们沉默无语地用了茶点。她什么也没问，他也没有主动谈起他的见闻。她的心渐渐下沉，老年人惧怕的孤独感像冰冷的迷雾将她包围。

她仔细地端详着他,他的头发蓬乱,靴子上满是发黑的泥块,他闪亮的目光与烦躁不安的样子吓得她面色苍白,一股寒气从背后袭来,这令她又想起了那些树。

他随身带来的那种林地与泥土的味道几乎令她窒息。接下去看到的又使她的惊恐升级到了无以复加的地步,他的脸在灯光下显出柔和的光辉,就像月光下斑驳的树影与淡淡的树之光晕。显然他在树林中又有了新的幸福之源,但这幸福并不是由她带来的,与她毫无关系。

他取出一片泛黄的山毛榉树叶。"我从森林里带了这个给你。"话语间的神色令她想起他许多年以前对她的殷勤呵护。她木然地接过树叶,习惯性地道了声:"谢谢你,亲爱的。"他分明是将摧毁她的武器亲手交到了她的手里,而她也接受了。

用完茶点他就离开了房间,但他并没有去书房或是换衣服。她听到前门被轻轻地关上了——他又去森林了。

过了一会儿,她上楼来到自己房间,在靠近她睡的那一侧跪倒在床边。她泪如泉涌,疯狂地祈求上帝拯救丈夫,将他留在自己身边。

八

十一月的一个清晨,阳光灿烂。她的紧张与压力越积越多,已无法抑制，她突然心血来潮做出一个决定。丈夫又带着午餐出去了，她决心冒险跟着。她急切地想弄清楚一切，因此不能再待在家里，无奈地等待丈夫归来。她要亲身经历他的生活，明了他的所得，体会他的感受，她要与他一起体验森林的魔力。这需要极大的勇气与胆量，但她也能由此更好地理解他，从而帮助他、拯救他。出发前她又上楼祈祷了一会儿。

身着暖和厚实的裙装，足蹬厚重的靴子——他们在塞莱斯一道爬山时穿的那双——她从后门离开小屋，朝森林走去。不可能真正地跟上他了，因为他已经出发一个小时了，而且她并不清楚路线。但她却迫切地希望与他一起待在树林里，像他一样在叶子落尽的枝条下漫步。她要去他所在的地方，这样也许就能够与他一起体会他心爱之树的生命与魅力。他说过它们在冬天尤其需要他，现在冬季已经临近。她的爱肯定能使她体会他所感受到的树木那无可抗拒的吸引力，这样就能亲身体验究竟是什么将他夺走，也许还能削弱它对他的影响。

这突如其来的念头赋予她敏锐的洞察力，所有谜团的谜底也将出现，却是以她意想不到的方式出现。

那天没有起风，天空呈清冷的浅蓝色，晴朗无云。整座森林寂静无声，似已集合完毕，严阵以待。它很清楚她已经到了，她一踏入它的领地，它就降下一道无形的门锁，将她关进，密切注视着她的一举一动。当她踩着毛茸茸的草叶轻声行进时,一排排橡树与山毛榉在她身后迅速地集结。她意识到她刚一走过,它们就变得异常繁茂。它们已形成一支不断壮大的军队,虎视眈眈地驻扎在她与她的小屋之间,切断了她的退路。进入它们的营地轻而易举,想要再出去就得历尽艰险。

令她尤为迷惑的是,它们的数目一直在不断增长。前方是阳光照耀下的开阔空地,树木稀疏地散布其间,而她转身一看,却发现它们变得密密麻麻、挤挤挨挨。它们遮天蔽日,无数光秃秃的枝条筑成夜一般漆黑的堡垒,吞没了接纳她进来的空地。偶尔回望身后,发现来路已全无踪影。

透过密林,依稀能感觉到清晨的阳光,令人精神为之一振。这就是她所熟知的"孩子般的天气",清朗无比,没有一丝危险的迹象,也没任何不祥之兆的威胁。她步伐坚定,尽可能地少回头,朝着密林最深处缓缓行进。

在一块洒满阳光的空地上,她突然停下了。这是密林中的一块空地,地上有星星点点灰兮兮的野蕨,已经枯死了,还有一些石楠,四周树木耸立——橡树、山毛榉、冬青、秦皮、落叶松,还有杜松夹杂其间。在这片空地上她第一次没有服从自己的直觉,停下来休息了,直觉正催促她继续前行。她并非真的想休息。

正是这个小举动带给她一个可怕的信号。

"我被拦住了。"她疑惑地自言自语。

她环顾四周,看不到一丝生命的迹象。没有鸟儿欢唱,也没有轻捷的野兔出没。这片古老、偏远的空地简直寂静得出奇,仿佛有一幅厚重的幕布从天而降,掩住了所有的声响。这凝重压抑的气氛几乎令她心跳停止。这难道就是她丈夫所感受到的——无数根茎、枝叶交错纠缠所引发的一种沉重感?

"它一直都是现在这个样子。"她冒出一个想法,但又不知道为什么会这么想,"自从有了森林,这儿就是一片寂静,从未变过。"静默的幕布越发临近,已将她围住。"一千年了——我已经在这儿一千年了。这后面藏着全世界所有的森林!"

这些想法对于她是如此陌生,她尽全力与之抗争,却无法摆脱它们的纠缠。那垂悬的幕布又厚又重,质地好像也变得更紧密了,只能透进少许空气。

忽然她感觉幕布晃动了一下。某处有一阵响动,隐藏在有形树木背后,那个模糊的神秘之物又靠近了她一步。她屏住呼吸,紧张地注视着四周,留神听着一切动静。也许因为观察得更加仔细,她发现周围的树木都有了细微的变化,起初很难觉察,但渐渐地就明显了。"它们在发抖、在改变。"桑德森说过的话在她脑中闪过。它们都转过身面向着她,它们看到了她,如此而已。

她惊恐地发现整个情况已发生了变化。以前都是她在观察它们，现在是它们在仔细地看着她，它们带着充满敌意的目光上下打量着她。她曾经以种种形式对它们得出肤浅的理解，而现在它们要将自己的真实形象向她展现。

在它们悄无声息的沉寂中蕴藏着一种可怕而又令人迷醉的魔力。森林这种巨大的魔力已征服了她的身体与大脑。

这片与世隔绝的林地几个世纪以来均无人涉足，而她却冒昧闯入，体验树木集结成群的力量。它们已意识到她的存在，千万道锐利的目光一起投向她这个入侵者。她毫不示弱地向它们望去，但树木如此繁多，数不胜数，她只能匆匆地扫过一棵又一棵树，却无法发现她要找的那棵。它们可以轻而易举地看到她的全貌，连她身后的树都在盯着她看，而她要回瞪一眼却如此费力。它们愠怒的目光令她感觉自己仿佛正一丝不挂地接受它们的审视。它们几乎看到了她的全部，而她只看到了它们极小的一部分。

这些树似乎在不停移动着，她愈加迷惑，根本无法和它们对视，但仍能感觉到无数可怕的目光正注视着自己。她先是盯着地面看了一会儿，然后又紧紧地闭上眼睛。但树林中的景象还是透过紧闭的眼皮，浮现在她眼前。她仍能感觉到冬青的叶子在阳光下亮光闪闪，橡树的枯叶在风中窸窣作响，小杜松的松针还是都指向一处。森林依然在密切注视着她,她仅凭闭上双眼根本无法逃脱它无处不在的犀利目光。

一丝风也没有,但枯枝上的叶子却会不时地呼呼颤动,这是哨兵在提醒大军注意她的出现。正如几周前一样,她又一次觉得它们如潮水般汹涌而来。她想起了童年时在沙滩嬉戏的情景,保姆对她说:"涨潮了,我们得进去了。"然后她就看见无数股碧青的潮水缓缓地向岸边袭来。过去她总是感觉潮水是冲她而来的,天际下的大海正朝着她嬉戏的沙滩缓缓涌来,她不禁油然而生敬畏之情——仿佛她弱小的身躯就要被大海吞噬。

现在同样的一幕重现在眼前。所有的树木汇聚成碧涛悄悄地涌动着,像海潮一样不易被察觉。涨潮了,她孤身一人陷入了无边无垠的绿色深渊。

她紧闭双眼静坐时已想得很清楚,但片刻之后当她睁开眼睛时,又有了新的想法。它们要找的并不是她,而是另外一个人。她顿时明白了。阳光静静地洒在空地上,她看到她丈夫的身影在林间行进,像树一样移动着。

他双手背在身后,高昂着头,慢悠悠地走着,好像在思考着什么。两人之间只有五十多步,但他全然没有觉察到她的存在。他显然已完全沉浸在思绪里,像个梦中人一般从她身旁踱过,她也像个梦中人似的看着他远去。爱恋、思念、怜悯像澎湃的激流在她胸中涌动,她却像是被魔住了，动弹不得，也无法开口，只能无奈地看着他离开，进入绿树的海洋。她急切地想救他，让他止步、返回，却什么也做不了。她眼睁睁地看着丈夫离她而去，对她没有丝毫的留恋与不舍。许多树枝在他周围落下，将他藏起，他的身影在斑驳的树丛中渐渐模糊了。碧绿的林涛将他带走了，而他却没有任何的抗拒。他在轻柔的碧波中漂流远去，转瞬就消失了。他走了。

她猛然想起刚才他的神色非常祥和，洋溢着幸福与喜悦，甚至还焕发出青春的光彩。丈夫的这种神情她近年来从未见过，但多年前他们还是新婚燕尔时，她曾经看到过。现在她的存在、她的爱再也没法令他喜形于色了。他的整个身心都已被森林迷住了。

她又从尘封的记忆回到了现实。她向四周看看，早已没有了丈夫的踪影。一想到她的满腔挚爱再也无从寄托，她就感觉到凉彻心底的痛楚与恐惧。她从未像现在这样孤独无助，恐惧已侵袭到她心底最隐秘之处。此时的她只能像从前一样求助于上帝与《圣经》，孤独无助地待在林地，忍受着惊恐的折磨，她倍感凄凉、欲哭无泪。刺目的阳光照亮了四周的树，正午时分的林地分外寂静、恐怖，似乎她的面前身后处处都有危险存在。就在这沉寂的森林边缘，生存于另一个世界的事物正悄悄而过。她丈夫熟知它们的美丽与威仪，但她并不了解它们，也无法分享丈夫的喜好。在这个清冷的正午，她分明感觉到这片树林的中心孕育了另一个宇宙与另类的生命。寂静的树林将它隐藏，她的丈夫却凭着对它的爱自由地往来其间，还能理解它的神秘。

她站了起来，踉踉跄跄地走了几步，又瘫倒在青苔地上。但她并不是为自己而心生恐惧，所有的痛楚与渴望都是因他而起，她一直勇敢无畏地爱着他。她意识到自己卷入了一场无望取胜的战役，甚至觉得已经失去了她的上帝。突然她又发现了他，就在这充满敌意的森林里，正在靠近她身旁。起初她都没能认出他，因为他看上去非常亲切，却难以令人理解。

她又一次挣扎着站了起来，这一次成功了。她慢慢地沿着来时的青苔小道原路返回，最初她很诧异，自己居然能如此轻易地摸着路，但她随即就明白了其中原委。树木非常乐意她离开，因此帮她找到了路，森林不需要她。

的确，那绿色树涛的涌进，并非为了她。

随后，她脑中灵光一闪，她彻底弄懂了整件可怕的事情。

尽管从未有过明确的想法，也从未能用语言表达，她一直认为丈夫所爱的树会以某种方式把他从她身边带走——将他的生命与它们的合为一体，甚至以某种神秘的方式将他杀死。这一次她发觉自己犯了大错，而这一发现又令她倍受痛苦与恐惧的煎熬。树木的妒忌并不等同于人类与动物中狭隘小气的妒忌。它们想要他是因为它们爱他，被他的生命与热情所吸引。它们并不希望他死去,它们要的是活生生的他。

如果她胆敢加以阻拦,那么她就会被除掉。

正是这一想法令她陷入了无望的深渊。如果一粒沙子钻进皮肤引起不适,人们会用尽办法去除沙粒。同样,森林也会竭尽全力除掉阻碍它实现愿望的一个微不足道的人。由于深爱着丈夫,她冒犯了森林,所以它们要毁掉的人是她,而不是他。它们爱他,需要他,会让他好好地活着。

她最终安全到家了,尽管一点也不记得是如何找到了路。是它们替她找的,那些树巴不得将她驱逐出境。

离开阴暗的林地时,她感觉身后仿佛出现了一个魁伟的森林之神。只听他一声令下,无数柄寒光凛凛的叶剑从天而降,在树林边界筑成一道无法攻克的绿色堡垒。她将再也不能进入森林。

……

她做家务时的镇定、平静连自己都惊诧不已,这份从容仿佛不属于这个世界。天黑后丈夫回来用餐点,两人进行了谈话。彻底的放弃带给她惊人的勇气,因为再也没有什么可以失去的了,而且人在冒险之后会愈加大胆。"戴维,今天早上我也进森林了,就在你走后不久。我在那看到你了。"

"它很美,不是吗?"他说着低下了头,并没有表现出惊奇或不满,但稍稍流露出倦怠之色。她不禁想起了花园里的树,在突遭风袭后会极不情愿地折腰低头。他现在就是这样勉强的神色。

"对,的确很美,亲爱的。"她小声答道,"但对我来说它太大,也太怪了。"

平静的语气掩饰着内心的激烈冲突,她竭力克制着几乎要夺眶而出的泪花。

他们沉默了一会儿,然后他说道:"我每天都会发现它新的可爱之处。"他的声音在房间里飘过,就像微风拂过树枝时的低语。她在树林里看到的他那年轻快乐的神采已不复存在。此刻的他显得有些疲乏,就像来到了一个格格不入的环境,有点不自在。他不喜欢进到这幢房子里,更不喜欢这些房间、墙壁和家具。天花板与紧闭的窗户约束了他的自由,但房间里的她并没让他烦心。她的存在似乎无足轻重,他几乎都没注意到她。长时间以来他的生活中已不再有她的位置,他不再需要她了,两人都在独自生活。

所有的迹象表明在这旷日持久的争斗中她是可怜的输家,她只得无奈地屈服了。她把药盒取走,放到了架子上,她主动吩咐仆人为他准备外带的午餐,她早早地独自上床休息,不锁前门,为他留的晚餐放在大厅里的灯盏旁——她被迫做出了这所有的让步。他待在树林里的时间越来越长,甚至晚饭后还出去,除非天气过于恶劣。尽管她睡得早,但一直都醒着,留心听着前门的关锁声。她知道随后就能听到他轻手轻脚的上楼声,直到他均匀的呼吸声在她枕边响起,她才能安然入睡。她的对手实在太强大了,所有的反抗都是徒劳的,她早在跟着他去森林的那天就已签好了投降书。

而她撤离的时间也像她所惧怕的潮水一样慢慢临近了,她静静地等待着自己被浪涛卷走。可怕的严冬已拉开了帷幕,森林已将她的草坪围得严严实实,冷眼看着林海的波涛向她滚滚涌来。她依然没有放弃过她的《圣经》,也从未忘记过祷告。而且,彻底的认输倒以某种方式赋予她深邃的理解力,即使无法认同丈夫由于对神秘之力的迷恋而将她离弃,她至少能模糊地认识到这种离弃并非是恶意的。

她以前一直将人世以外的神明分成截然不同的两种:善良的与邪恶的。但现在一个新的想法悄无声息地出现了:在这两种神明之外,也许还有另外的神灵,无所谓好也无所谓坏。她的思绪骤然断了,但这个想法却停留在她脑海里,甚至还为她带来一丝慰藉。

同时她也明白了,为何她的上帝没能或者说不愿意介入这件事。她设想在人世之外存在的那些生灵也许并不是邪恶的,它们只不过是远离人类,因而显得陌生而怪异,不被常人所认可。在两个世界之间存在一道无法逾越的鸿沟,但桑德森却以他的言论与思维方式架起了一座桥梁,因此她丈夫才得以进入那个世界。他原本就对树木怀有炽热的激情，所以一看见通道就毫不犹豫地上路了。生命的存在有多种方式，丈夫有权力选择他热爱的生命形式。于是他选择了离她而去，选择了远离人类世界，但他并没有远离上帝。她一直回避这一决定性的让步，也从来不敢真正面对。她既迷惑又犹豫不决，她的妥协也许会延缓或推动他的进展。谁能知道呢？全知全能的上帝又怎么会反对他的自由选择或阻止他的行动呢？

她对放弃有了新的认识，即使不能让她得到彻底的解脱，至少也能给予她安慰，只要上帝明了她所做的一切就够了。

"亲爱的，你不是一个人在树林里吧？"深夜里他蹑手蹑脚回房时，她鼓足勇气问道，"上帝是和你在一起的吧。"

"当然。"他的回答脱口而出，言语中洋溢着狂热与激情，"他是无所不在的。我只是希望你——"

她急忙用衣服堵住双耳，她不敢再听下去，他仿佛在催促她自我了断。她把整张脸都深深地埋在毯子里，全身都在瑟瑟发抖。

九

她愈来愈强烈地感觉到自己要去了，而且是以一种奇特的方式离去，因为树木能感觉到是她的思想妨碍了它们。一旦精神上的对抗消除了，肉体的存在根本就是无足轻重的，所以她的身体不会受到任何伤害。

她渐渐觉得他对树的迷恋并非是一种邪念，于是就平静地接受了失败。随之而来的是整日独守空房的寂寞与孤独，她的丈夫似乎已远在另一星球。没有什么人会来拜访，他们也不乐于待客。她将独自熬过昏暗凄凉的冬季，她无法对周围的邻居吐露心事，因为她绝对不能泄露丈夫的秘密。假使莫蒂默先生没有家室，也许还能抚慰她干枯、寂寞的心田，但他妻子是不会容忍的。莫蒂默太太有许多怪癖，她一直爱穿凉鞋，还认为坚果是人类的最佳食品，彼特斯太太所受的教育将她归作危险的一类人。

长时间的独处使她沉浸在漫无边际的幻想中，这会逐渐引起她精神上的混乱直至完全崩溃。

随着天气日渐变冷，她丈夫放弃了晚餐后的散步。晚上两人都坐在大厅里烤火，他同从前一样读《时代周刊》，他们甚至还谈到来年春天去国外度假。他没有因取消散步而烦躁不安，反倒显得悠然自在，他的健康状况也颇有改善。他很少在她面前提到那些树与树林，而且对她温柔谦让、关心备至，令她回想起了新婚时的幸福与甜蜜。

但是仅凭他这种沉稳、平静根本无法蒙蔽她，她非常清楚这一切只不过意味着他确信自己已赢得了树，也赢得了她。这种胜利的信念已深植于心,所以他不能容许有丝毫表面的矛盾与波动打破内心的平衡。他的生命已与树融为一体了。经常在湿冷的冬天困扰他的高烧这次也放过了他。她现在明白为什么了,他之所以发烧是因为它们在努力地赢取他,他也想努力地做出反应——高烧就是精神上的躁动不安在肉体上的表现。他对此一直都困惑不解,直到桑德森带来那套可恶的理论。现在情况截然不同了,桥梁已经架起,他可以自由出入它们的世界了。

她曾经那么勇敢执着,一心想夺回丈夫,但现在却落得孑然一身。她的头脑中似乎裂开了一道峡谷般的巨缝。她无助地站在谷地,四面不是陡峭的石壁,而是高耸入云、茂密的树林。她面临着灭顶之灾,只有上帝知道她在那儿,他静静地注视着她。不论怎样,他都会知道。

寒冷的冬夜里,当他们静静地待在屋里时,尤其是坐在壁炉旁听见窗外风声呼啸时,她丈夫仍与他挚爱的那个另类的世界保持着密切的联系,其实他从未有一刻与它分离。她看见报纸摊在他的膝上,雪茄烟已快燃尽,他的袜子上破了一个小洞,她还听见他大声地读着报纸上的段落。但这一切都是他刻意蒙上的一层面纱,真正的他已经逃离了。这是魔术师常用的手法:观众的视线被引向细枝末节,于是最重要的东西就不会被注意了。他的戏法施展得非常成功,他为了减轻她的痛苦竟如此费力劳神,她颇为感动。但她其实一直都很清楚眼前那个懒洋洋地靠在扶手椅上的躯体只不过是他的残壳,一具与尸体相差无几的空壳。他的灵魂早已游荡到森林深处,靠近了隆隆作响的那个世界的中心。

森林趁着夜色大胆地逼近了。它紧贴着他们的院墙与窗子,向屋里窥视,它的手已攀到了小屋的石板与烟囱。风在草坪上与砾石小径旁徘徊。院子里不时会响起脚步声,森林里好像总是有谈话声,房间里也有。她在楼梯上与它们擦肩而过,它们体积硕大,态度温和,日落之后沿着通道与平台轻捷地跑动,仿佛它们是被白日遗弃的,正试图逃脱黑夜的束缚。它们在屋子里悄无声息地跑来跑去,但只要她一出现,它们就会停下让路,这一切她丈夫都知道。她看见他不止一次地避开它们,因为她在场。他以为她不在近旁时,自己就会站着凝神倾听。她其实也听到了幽静的花园里愈来愈近的脚步声,而他早已顺风听到它们的声响从遥不可及的远方传来。她知道它们是沿着她上次出来的那条布满青苔的小径急奔而来的。

她觉得那些树一直在这幢房子里出没,就在他们的卧室里陪着他。他热切地欢迎它们的到来,并没意识到她已知道一切,而且害怕得发抖。

深夜,在他们的卧室里,她在不知不觉中被俘获了。她从睡梦中惊醒,未及挣扎就成了俘虏。

那个白天,狂风怒吼,入夜时分,风力减弱了。一轮满月悬空,月光静静地泻在林间。空中仍有鸟儿疾飞而过,在夜色中极像行色匆匆的怪物,地面上却分外宁静。树木簇拥成群,默然不语。树干在照着月亮的地方隐约闪光,空气中有一股浓烈的落叶味道。

她醒来的那一刹那,就看到了所有的景象。她觉得自己好像并不是在卧室,而是跟着丈夫到了别的地方。这不是梦,而是挥之不去的真实感知。渐渐地一切都消失在夜色中,她猛然从床上坐起——她又回来了。

窗帘没有被放下,月光从窗玻璃上折射进来。她看到丈夫的身体就在近旁,仍在一动不动地沉睡着。令她惊诧的是它们也在卧室里,紧靠床边,看着他安睡。它们居然如此大胆,她已无力阻拦。她吓得尖叫不止,她意识到她的叫声凄厉刺耳,充斥了整个房间。

实际上她并没有真正发出声音。它们在床边挤得满满的,微微反射着月的光晕。她看到了它们在天花板下的轮廓与绿绿的健硕枝干,墙上、家具上都隐约有树影闪烁。它们聚成茂密的一群,不停地移来移去,轻柔的沙沙声此起彼伏。它们的声音带有一种甜丝丝的诱惑,具有可怕的咒语般的魔力。单独的个体看上去都很平和,但集结而成的整体却令人不寒而栗。冷彻心底的寒意又向她袭来,她贴身的床单似乎已凝结成冰。

她又尖叫了一声,声音几乎被堵在了喉咙里。它们的魔力麻醉了她的全身,正涌向她的心脏。她的血液流速已被减缓,生命力像溪流一般被吸入它们的体内,任何反抗似乎都无济于事。

她丈夫在睡梦中微微动了一下。在他醒来的一刹那,它们猛然挺直了,先是迅速地聚在一起,然后又慢慢地向四处散开。一个有形状、有实物的泛着绿光的影子笼罩了整间卧室,转瞬又飘走了。

但她还是清楚地看到了它们的离去。当它们从洞开的天窗口仓皇逃离时,她一眼就认出它们就是几周前桑德森说话时,出现在草坪上的那些螺旋状的怪物。卧室里瞬间又空无一物了。

惊魂未定的她听见丈夫的声音,仿佛从很远的地方传来,她还听见了自己的回答。两人的声音都很奇怪,一点也不像正常的人声。

"怎么回事,亲爱的。你为什么弄醒我?"他轻轻的问话中带着一声叹息,像风儿掠过松枝时的声音。

"刚刚我看见房间里有个东西飘来飘去,现在它飘走了。"她的声音像风儿在密密的叶子中回响。

"亲爱的,那是风。"

"但是它在叫你,戴维,叫着你的名字。"

"你听到的是树枝的沙沙声。快睡吧。"

"它有无数的眼睛,到处都是……前面、后面……"她不由提高了嗓门,但他回答的声音却越来越轻。

"你看到的是月光下无数的枝丫。"

"但它把我的魂都吓掉了。我已经失去了我的上帝,失去了你。好冷啊!"

"亲爱的,这是凌晨的寒气。整个世界都在沉睡,你也睡吧。"

他在她耳边低语着,声音轻柔舒缓。她还能感觉到他的抚摸。但这并不是一个完整的他,躺在她身旁的只是一具半空的躯体,四周是那些冬日饱受严寒、孤寂的树木,围着它们所爱的人柔声低语。

"我要睡了,"她听见他含糊不清地说着,"你把我唤醒,可我还要回到平静、甜美的梦乡。"

他睡意迷离,声音中流露出幸福与满足。朦胧的月光下,她依稀看见他的脸上有掩饰不住的喜悦。她不由得又感觉到那些神秘的绿色生灵符咒般的魔力。睡意渐渐袭来,就在半梦半醒之间,一个细微的奇怪声音从她心头飘然而过:"一个罪人在森林里喜不自禁——"

她还未及细想这话的含义,睡魔就已将她俘获。

尽管她睡得很快,但并不十分安稳,她反复做着一个奇怪的梦。她梦到的不是树木与森林,而是汹涌的海潮。她站在茫茫大海中的一块小礁石上,潮水不断上涨,先是冲到她脚边,然后涌到她的膝盖,眨眼间又没到腰际。这一梦境不停地重复,潮水也涨得愈来愈高。她就这样遭受着海潮的恐吓与折磨,直到潮水涨过她的眼睛与整张脸,最后将她完全淹没。

随之而来的是梦的解析,她恍然领悟了这怪梦的寓意。在水下她看见了生长在海底的水藻,数不胜数的丝须在海里四处飘荡延伸,形成了一个巨大的葱郁茂密的海底之林。大海中也有植物的王国,它们无处不在,土地、空气、海水都滋养它们的生长。她已无路可逃。

即使在海底她仍然听到了那可怕的隆隆声。究竟是澎湃的涛声、呼啸的风声,还是它们的吼声?这声音离她越来越近了。

在这个阴冷凄凉、寒风凛冽的冬季,彼特丝太太饱受孤独的恐惧折磨,神经已面临崩溃的边缘。丈夫与上帝都已离她远去,她孑然一身,凭借无穷尽的幻想打发日子,期盼着春天的到来。她仿佛独自一人跌跌撞撞地走在暗无天日的地道里,地道的尽头是春光明媚的法兰西海岸——他们唯一的安全出路。她身后是茂密的树林,堵住了另一出口。她义无反顾地挣扎着前行。

然而,她的精力被慢慢耗尽了。一股巨大的永无止休的吸力无情地抽取了她的生命力。她的个性与力量都像溪流般汩汩涌出体外。她在憔悴、在衰弱。

整个过程就像月亮从盈转亏。她清楚地意识到自己的体力在逐渐衰退,失去了健康的身体,她已无法维持心智的平衡。只有远离这些,且独立存在的灵魂依旧安然无恙,永远与上帝在一起,而她与丈夫之间精神上的联系也依然存在，密不可分。将来等他恢复正常以后，他们两人又能因此融为一体。但与此同时，她与尘世间的一切联系都在慢慢地被削弱。那些树正在抽空她的体力，耗尽她的心智，残忍地毁掉她。

片刻之后，她连这种意识都失去了，于是无法得知接下去的较量。紧接着她的满足感——为他而受苦的幸福与甜蜜——也随之而去。剩下的只有深植于心的对树的恐惧与废墟般杂乱破碎的思绪。

她整夜都睡得颇不安稳，醒来时双眼干涩发烫，痛得厉害。她的思绪紊乱如麻，连日常琐事都记不清了。与此同时，她再也看不见地道尽头的绚烂美景了。法兰西的阳光与大海早已淡化成模糊不清的小光点，像天边的星星一样遥不可及，她知道她再也无法到达那里了。那些阴森可怕的树正沿着漆黑的地道向她步步逼近，缠住她的双脚与手臂，爬到了她的唇边。她夜里醒来时发现几乎无法呼吸，好像有湿漉漉的叶子堵住了她的嘴，软软的绿色藤蔓绕在了她的颈项。双脚异常沉重，好像已变成了树根，深深地扎在土里。无数的藤蔓、卷须在黑洞洞的地道里到处蔓延，试图将她的全身各处都牢牢缠住，就像寄生在树上的常春藤会杀死树木一样，它们也会吮尽她的精血。

这些可怕的植物将慢慢地爬遍她的全身，慢慢地夺去她的生命。她一直惧怕在阴冷树林里飘忽而过的风，因为风是它们的同党，参与了它们的每一个阴谋。

"你为什么不睡觉呀,亲爱的?"她丈夫扮演起护士的角色,殷勤地呵护着她。他对由他所引起的一场残酷的争斗居然一无所知。"究竟是什么让你一直醒着?"

"是风。"她喃喃地答道。窗帘没有被拉上,她一直在怔怔地望着窗外的树在风中舞动。"夜里到处都有风声,我睡不着。风还一直在大声地叫你。"

"树在夜晚激活了风。风是伟大的、迅捷的信使。随风而去吧,亲爱的。不要抗拒,这样你就能睡着了。"

如此奇怪的回答令她惊骇不已。她依然迷惑不清的头脑无法完全理解这回答的含义。

"风暴来临了。"她几乎不知道自己在说什么。

"跟它去吧,不要反抗,它会带你去树那里。"

反抗!这个词像一个按钮,打开了曾经令她受益匪浅的那本书。

"反抗魔鬼,他就会从你身边逃离。"她低声背着那书上的一句话。话音刚落,她就把脸深埋进被子里,歇斯底里地抽泣起来。

但丈夫并没有为她担忧,也许他根本就没听见她的哭泣。此时狂风怒吼着冲击着窗子,远处森林里的隆隆声也随之而来,涌进了他们的卧室,也许他又睡着了。她慢慢地恢复了平静,一种麻木的平静。

恐惧又一次向她袭来，她凝神听着，是风暴来了。它来势如此迅猛，她已无法安睡。

对她而言，风暴意味着这场争斗已近尾声，森林向风宣告了它的胜利，而风又向黑夜转达。整个世界都知道了她的彻底溃败、她的惨重损失与她的痛楚。她听到的是胜利的咆哮。

与此同时，她确信那些树也在黑暗中吼叫。那吼声像千张风帆在呼呼飘动，有时又像远方的巨鼓在隆隆击响。所有的树都在暴风中凛然矗立，无数的枝条狂舞不止，发出雷鸣般的轰响，它们的根被吹得散落在地面、篱笆与房顶上，蓬乱的树梢在乌云下疯狂地摇曳，颀长的树干似乎要跃入天际。它们的咆哮、呼号就像一泻千里的海涛声一般惊心动魄。

她丈夫仿佛对这一切毫无察觉，依然安睡如初。但她知道在她身边沉睡的躯体不过是一具没有灵魂的空壳，真正的他已经趁着这喧嚣与动乱离去了。她又失去了他。

冬日的清晨终于姗姗而来。风暴过去了，她悄悄走到窗前向外张望。在微微泛白的阳光下，她一眼就看到那棵香柏树彻底倒在了草坪上，只剩下了光秃秃的树干。之前风暴后残存的枝丫都散落了，被旋风吹到了一处，全朝着森林的方向。

这些残枝就像春日退潮时飘浮到沙堆上的沉船残骸，客轮没入了海底，曾经忠诚护卫着他们的香柏树已不复存在了。

在那遥不可及的森林深处，又传来隆隆的低吼声。她分明听到丈夫的声音也在那里。

怪兽瘟帝

一

时值秋冬之交，人们纷纷结队外出狩猎。那年的驼鹿异常羞怯，不知藏匿何处，渺无踪影。狩猎迷们只得悻悻返家，挖空心思编造种种借口，掩饰一无所获的窘况。阿伯丁的卡思卡特医生也同众人一样空手而返，但他带回了一段离奇的经历，据称可与历年来所有被射中的雄驼鹿价值相抵。此后，他兴趣渐广，尤其专注于人类的奇思怪想、幻象幻觉，并就此结集成书，但书中只字未提上述那段经历。据他向一位同事透露，由于他本人也牵涉其中，故无法做出全面、理性的评判。

那次出猎他们是一行四人：医生本人、他的向导汉克·戴维斯、医生的侄子辛普森，还有这年轻人的向导德法戈。辛普森是神学院学生，日后将供职于苏格兰的小教堂，这是他第一次见到加拿大的荒原丛林。德法戈是魁北克的法裔"加拿大佬"，数年前离家，在修建加拿大太平洋铁路时服过劳役。他的丛林知识颇为丰富，林中探路的本事无人能比。他会吟唱古老的航海歌谣，还能讲述离奇的狩猎冒险故事。荒野的寂寥、苍凉一向对生性孤僻者具有奇特的符咒般的魔力，德法戈能深切感受到这种魔力。他酷爱在林中独处，而正是由于对丛林生活的激情与痴迷，德法戈在神秘荒原中具有超人般的生存能力。

这次出猎，汉克选中他同行。汉克颇为信赖德法戈，跟他称兄道弟，言谈也毫无顾忌，一些毫无意义却又相当形象的粗话、咒语常常脱口而出。因此，汉克与德法戈，这两个强健耐劳的丛林中人的谈话一向异常生动。但这次汉克将他肆无忌惮的粗言咒语收敛了一些，以示对"狩猎队老东家"卡思卡特的敬重（他一向按乡俗尊称卡思卡特为"大夫"）。再者他知道辛普森已经"有点儿算是牧师了"，倘若他满口污言，难免有渎神之嫌。

汉克对德法戈也稍有不满。因为这个法裔加拿大人时而会陷入一种被汉克称为"可恶的阴郁"的状态，他时而会沉默不语，任你如何撩拨，就是一言不发。显然他具有典型的法裔性格：忧郁而又富于幻想。不过，德法戈因久居"文明社会"而感染的这些怪症，通常在经历短短几天的丛林生活后，就会不治而愈。

这就是狩猎队的一行四人。当时已是"怕羞的驼鹿年"的十月最后一周，他们扎营在人迹罕至的乡间，水陆联运处的北部。四人之外，还有一个印第安人朋克，他前些年一直在医生与汉克出猎时做随行厨子。他的任务是守营、捕鱼，随时准备有鹿排、咖啡的美餐。他穿着前任主顾"馈赠"的城里人的旧衣，看上去一点儿也不像印第安人，只有黑发棕肤显示了他的真正血统，正如舞台上的黑奴与现实中的非洲人也是迥然不同的。尽管如此，朋克仍然继承了他那日益衰败的种族本性：沉默、坚韧，还有迷信。

那天晚上，他们围坐在篝火旁垂头丧气。一周过去了，仍未发现驼鹿的丝毫踪影。德法戈为逗乐大家，先唱歌又讲故事。但汉克心情不佳，不时打断他，还指责他"把事实混得一团糟，简直在胡说八道"。德法戈愠怒地停止讲述，陷入了沉默。卡思卡特医生叔侄劳顿一天后，已精疲力竭。朋克在用树枝搭的小帐篷下洗碟子，自顾自地小声咕噜着，后来就睡去了，没有人费神去拨旺将熄的篝火。凄冷的夜空星光闪烁，风儿似有若无，他们身后的湖畔已冻结成冰。无边的丛林倾听着他们的谈话，寂静地将他们包围。

汉克突然瓮声瓮气地打破了沉默，"我赞成明天换个地点，"他振作精神说道，一面望着他的东家，"我们不能在这守株待兔。"

"同意，好主意！"卡思卡特干脆地答道。

"太好了，老爹，"汉克信心十足地接着说道，"我们两个沿花园湖方向向西，咱们还从没去过那儿……"

"我同意！"

"德法戈，你带辛普森先生，划小船到五十岛去，在那岛的南岸好好搜一搜，去年那一带驼鹿多得要命，没准儿今年它们还会躲在那儿，故意跟咱们捣乱。"

德法戈两眼盯着篝火，一言不发，也许他还在为汉克打断他讲故事而生闷气。

"今年还没人走过那条路线，我绝对敢打包票。"汉克又强调了一遍，向德法戈投去锐利的一瞥，"最好把那个丝织的小帐篷带上，待上几夜。"他最后说道，好像一切都决定了。不过汉克也确实被公认为狩猎队的负责人，统筹安排他们的行动。

每个人都看得出德法戈对这个计划颇为不以为然，而且他的沉默不仅表示了不赞同，似乎还有更深的意味。他那阴郁敏感的脸上闪过怪异的神色，像火光一现，转瞬即逝，但其他三人还是看到了。辛普森回到帐篷后对他叔叔说："我觉得德法戈刚才大概是害怕了。"卡思卡特医生没作声，尽管当时那个怪表情着实让他寻思了一会儿，而且莫名其妙地搅得他心神不宁。

不过还是汉克最先注意到德法戈的神情变化，奇怪的是汉克并没有因对方的勉强态度而动怒，反倒表现出对他的迁就。汉克故意压低了嗓门："其实今年人们没去那里，也没什么特殊的原因。不管怎么说，也不是你以为的那样。去年是大火挡了道，今年嘛，我想是正巧没人去，嗯，就这么简单。"他言语间流露出对德法戈的鼓励。

德法戈抬眼看看，一会儿又垂下眼帘。一丝风诡秘地从林中钻出，拨弄着篝火，只见余烬忽燃忽灭。这时，卡思卡特医生瞥见德法戈又显出那讨厌的怪表情。这是怎样的一副神情啊！双眸中分明露出发自心底的真正恐惧，这着实令他大为不安，"路上有残暴的印第安人？"说着他还故意呵呵一笑，试图缓和一下气氛。辛普森此时已昏昏欲睡，根本没注意到有什么异样。他哈欠连天地挪向床边，也没听见医生接下去的那句："还是这片地方有什么怪异之处？"汉克望着医生的目光中少了往日的坦诚。"德法戈就是吓着了，"他故作轻松回答道，"被那些老掉牙的传说吓破了胆，就是这样，对吧，老伙计？"说着他抬起鹿皮靴，开玩笑地踢了德法戈一脚。当时汉克离篝火最近。

德法戈猛然抬头，像是从沉思中惊醒，其实他对刚才的一切都看在眼里。"吓破胆？废话！"他立刻红着脸反驳道，"丛林中没有什么能让我德法戈害怕的！"言语中的从容镇定使人不知他是据实相告，还是有所隐瞒。

汉克转向医生,正要再说些什么,突然打断话头,向四处张望。黑暗中,他们身后传来窸窣的声响,使这三人吃了一惊。噢,是老朋克,他不知什么时候从小帐篷里溜了过来,就在火光后听他们说话。

"下次吧,大夫。"汉克轻声说道,又向医生递了个眼色。"没有下人来掺和的时候再说。"只见他一跃而起,拍拍那个印第安人的后背,故意嚷道:"到火边来,让你那脏兮兮的红皮也暖一暖。"他把老朋克拽向火边,还劲头十足地冲着他说个不停,似乎要将朋克的注意力引开。"你今晚烧的饭棒极了,我们在这里舒舒服服地烤火,总不能让你一人待在那儿冻得快下地狱了,这么多不讲道义!"朋克进来了,一面烤火暖脚,一面暗笑汉克的喋喋不休。显然,他没完全明白汉克的意思,但也没发问。卡思卡特医生看出谈话已无法继续,只好跟他侄子一样,踱回帐篷休息了,只剩下那三人围坐着篝火吞烟吐雾。

医生蹑手蹑脚地脱去衣服,以免吵醒同住一帐的辛普森。卡思卡特医生已经五十出头了,可依旧性格刚强,血气十足。用汉克的话说,"他暮年中相当多的时间"都在户外活动。医生注意到这会儿朋克已经回到了小帐篷,而汉克和德法戈还在叮叮咣咣地争论不休,就像锤子遇到钳子,不,不,是遇到了铁砧,那小个子的法裔加拿大人就像铁砧一样冥顽不化。两人好像在上演一场传统的西方情景剧,红黑交替的火苗将他们的脸照亮。德法戈像个头戴低檐帽、足蹬鹿皮靴的反角儿；汉克没戴帽子，显得面容开阔，再加上性急时的耸肩，俨然是个正直被欺的主角；鬼祟偷听的老朋克权且成了背景，更是增添了诡秘之气。

看到这生动的一幕，医生微微一笑。突然，他的心莫名地抽搐了一下。他内心深处的某样东西，仿佛是一丝不为察觉的警告，到了他的灵魂表层，没来得及感受又溜走了。这很可能与他在德法戈眼中窥见的惊惧有关，因为那转瞬即逝的惊恐，也曾逃过了他向来敏锐的分析。他隐隐意识到，德法戈将会带来麻烦，他作为向导，不如汉克稳妥，比如，再向深处考虑，医生也难以为之……

辛普森早已呼呼酣睡。医生在入睡前，又观察了一会儿。他听见汉克脏话连篇，像一个在纽约黑人酒店撒野的非洲人，但这可是他亲热的表现。荒诞的粗话又开始漫天飞扬，因为阻止他们信口胡言的障碍（医生）已经睡觉了。这会儿，汉克近乎温柔地搭着同伴的肩头，朝他们微光摇曳的帐篷走去了。片刻后，朋克也裹着散发怪味的毯子回去了，和他们的方向正相反。

卡思卡特医生也重新回到帐篷，虽已困倦不堪，但莫名的好奇心仍在他头脑中挣扎。他不明白五十岛附近的乡间究竟有什么能使德法戈恐慌惧怕，为什么朋克的露面令汉克的谈话戛然而止？困意渐渐将他掳去，他明天就能知道了，明天去找那些躲躲闪闪的驼鹿时，汉克会告知一切的……

　　浓重的沉寂降临在这荒野之缘的勇敢小营地上，星光下湖面像一块黑玻璃，幽幽地射着冷光。阵阵刺骨的冷风从密林深处悄悄涌来，从荒原的山间、冰封的湖畔，带来讯息。一丝代表严冬降临的阴森荒凉气味，嗅觉迟钝的人不可能嗅到。这气味来自数百英里外的苔藓、树皮、冻结的沼泽地，被篝火散发的馨香所掩盖。汉克与德法戈虽然对密林中的一切谙熟在心，但这次他们敏锐的嗅觉也失灵了。

　　一小时后，所有的人都已酣然入梦，老朋克蹑手蹑脚地钻出帐篷，像影子一样溜到湖边，悄无声息，只有印第安人才能做到。他抬起头四处张望，浓重的夜幕下几乎什么也看不到，但他具有黑暗无法削弱的其他感觉——几乎和动物一般敏锐的听觉与嗅觉。老朋克专注地听了一会儿，然后又急促地吸气，像嗅到了什么。他立在那儿像株铁杉纹丝不动，过了五分钟，又抬头吸气，然后又重复了一次。他嗅着那独特的气味，突然一丝欣喜触动了他的神经，刺痛般却又不露痕迹地传遍全身。以一种野蛮人与动物独有的方式，老朋克又融入了四周的黑暗，转身溜回到他的小帐篷，依然像影子一般鬼鬼祟祟。朋克睡下后不久，正如他所窥测到的：风向变了，轻轻撩拨着湖面上星星的倒影。这风来自五十岛湖以外的山脊，来自朋克刚刚窥测的方向，掠过树梢时似在叹息，又似在微微低语，几乎无人察觉。一丝若有若无的奇特气味沿着荒无人迹的夜间小径幽幽而来,带来莫名的不安。

恰在这时,法裔加拿大人和印第安人不约而同地翻了个身,尽管无一人醒来。稍后这幽灵般怪异的气味飘便消失在远处渺无人烟的丛林。

二

第二日清晨日出前,营地就有人起身了。夜间下了小雪,冷风颇有些刺骨。朋克已准时完成了任务,咖啡和炸熏肉的香味飘到了每个帐篷,人人神清气爽。

"风向变了!"汉克大声喊道。这时,辛普森和他的向导正在往小船上装货,整装待发。"伙计,划过湖去。只要驼鹿在那一带出没,就肯定在这雪上留下了不少足印。祝你好运,德法戈先生!"他故意称德法戈为"先生",还开玩笑地用了法语的发音。

德法戈嬉笑着回敬了几句,昨晚的郁闷缄默彻底不见了。不到八点,营地上只剩下了老朋克一人,卡思卡特和汉克向西远行;德法戈和辛普森带着丝织帐篷和两天的食物划船东去,已成碧波一点。

太阳已升到了郁郁葱葱的山脊上,慷慨地向丛林、湖泊送去融融暖意,驱散了清晨的寒气。微风拂过,湖面上泛起点点金光。捕鱼的海鸟轻快地飞跃着,潜水鸟忽而露出湿漉漉的脑袋晒太阳,忽而狡猾地钻进水中藏匿得无影无踪。放眼望去，密密丛丛的灌木林连绵不断，一直延伸到冰封的哈德森湾。

辛普森从未见过如此荒寂却又壮观的原始丛林，不禁深深陶醉于丛林的宏美之中。他拼命地划着小船，船儿像是要随波起舞。辛普森深深吸进风儿的凉爽芬芳，心也在无垠的空旷中感觉到分外自由。他身后坐着德法戈，正娴熟地为桦树皮制的小船掌舵，一边哼着民歌，一边愉快地回答着同伴的问题。两人心情舒畅，在这纯粹自然的环境中，两个身份迥异的个体的外在差异已不复存在，他们成了为共同目的而合作的伙伴。"雇主"辛普森与"被雇佣者"德法戈的身份都被简单化了，他们只不过是两个"人"，"领路人"与"被领路人"。丛林知识丰富的德法戈显然已登上了主导的地位，而年轻的辛普森则不假思索地降为了从属者。"哎，辛普森"或"辛普森东家"，德法戈干脆把"先生"的头衔省去了，年轻人根本没想到要反对，他只是呵呵一笑，毫不在意。他们逆着强风奋力划了十二英里才到岸边。这神学院的学生，很有思想个性，但除了自己的国家和小小的瑞士，他从未涉足他地。眼前的这片原始密林着实令他有几分迷惑，这与他以前听人描述的森林大为不同。要想在丛林中立足，熟稔其中的生活秘诀，聪明人必须转变那些迄今一直被奉若神明的价值观念。辛普森已模糊地意识到这点，尤其是他手握303式新步枪，望着熠熠闪光的枪管时，而抵达总营地的前三天长途跋涉更令他对此深信不疑。

此时他正要沿着他们曾扎营的荒林边缘向与整个欧洲一般广袤的、无人涉足的处女地挺进，愉悦与敬畏之情油然而生。而这种心情是想象力丰富的他早就预料到的：这次他与德法戈两人面对的将是巨人般的丛林！面对这丛林的荒寂壮美，辛普森愈发感觉自身的渺小。远处郁郁葱葱的丛林现出地平线，盘枝交错的林地透露着严峻与萧瑟、恐怖与残忍。在这无声的警示中，他意识到自己是这样的无依无靠，只有德法戈作为遥远的人类文明的象征，将他阻隔在疲惫、饥饿与残酷的死亡之外。他紧张而又兴奋地关注着德法戈的一举一动。只见德法戈将独木舟倒扣在岸边，将双桨小心地藏在船下，然后点燃一段云杉，照亮了两边若隐若现的小径。突然他对辛普森说："唉，我说，如果我出了什么事，你就按那些记号找到小船，然后一直向西再回到咱们的营地，明白吗？"

在如此险恶的丛林中，德法戈的口气没有丝毫的异样，只是这话恰巧触及了辛普森的所思所想，越发令他感到环境的险恶与自身的孤独无助。在这莽莽丛林中，只有他和德法戈两人，连那独木舟也成了人类驾驭自然的象征。德法戈已在沿途的树上用斧头砍下黄色的小标记，以标示小船的藏匿之处。

两人肩背行李，手提来复枪，越过崎岖不平、乱枝交错的小径，横穿几近冰冻的沼泽地，绕过了无数个岸边薄雾渺渺的林中小湖。将近五点时，他们忽然发现已经走到林地的边缘了，迎面是一大片水域，水中零星分布着大大小小、形状各异的岛，上面松林密布。

"五十岛水域到了，"德法戈疲惫地说道，无意间话语中还带了诗意，"太阳老人那光秃秃的脑袋正要探入水中。"天色已晚，两人立即动手准备宿营。

这正是德法戈的看家本领，他动作娴熟，不紧不慢。片刻之后，一顶牢固舒适的丝织帐篷就搭好了。他又用香脂树枝架了两张小床，散发着淡淡的馨香，一旁还燃起了篝火，火苗跳动，轻烟袅袅。年轻的苏格兰人开始清洗他们用小船拖钓的鱼，德法戈突然"觉得"应该"立刻"到丛林中去搜寻驼鹿，"也许能发现一两棵树，有驼鹿在上面磨过角，或是吃过最后几片枫叶。"说着，他起身就走，像影子一样融入暮色中，看着丛林如此轻易地将他包围，辛普森不禁更觉敬畏。几步之后，德法戈似乎就无影无踪了。

这一带几乎没有低矮的草丛灌木，巨大粗壮的云杉、魁伟矗立的毒芹，颀长的银桦、枫树点缀其间。如果不是一些横枝交错的怪树与灰色的怪石突兀出现，这几乎就有点像巧匠手下的旧时乡间林园了，而稍稍往右的方圆数英里却是被林火肆虐过的一片残迹。前一年野火曾蔓延数周不止，留下了一些枝叶全无、焦黑的残茎，像硕大而奇丑的火柴头戳在地上,被雨水浸过的炭灰依稀还散着焦味。这景象中透露的残酷、荒凉几乎无法形容,而这正是荒林的真正本性。

暮色迅即吞没了整片林地,四处静寂无声,只有篝火在噼啪燃烧着。细细的水波缓缓流过多石的湖畔,风儿也伴着落日消失了。偌大的林中,无数的枝叶几乎纹丝不动,似乎山林之神即刻就会在这浓重的孤寂中低语而来,施展他们无边的法力。前方穿过笔直的巨树,就是五十岛水域,一个绵延约五十英里的新月形大湖,离他们原先的营地大概有五英里。在落日的映照下,天空呈现出辛普森从未见过的玫红与橘黄相间的明艳色彩。橘色的余晖散落于碧波之上,湖上近百个小岛随波荡漾,像童话世界里的点点群帆,一切如仙境般令人迷醉。随着余光,湖边的青松似乎在悄悄地向天幕移近,树梢轻抚着天空,仿佛已不再眷恋它们的故土与这荒凉的湖泊,竟要起锚向天国驶去。一抹彩云挥动着炫丽的三角小旗,向初生的星星告别。辛普森尽情欣赏着宜人的美景,同时还在侍弄着篝火与煎锅,熏制那些轻易拖钓到的小鱼,一不小心把手指烧伤了。然而在他头脑深处一直清楚地认识到,美景只是属于荒原自身的,它根本无视人类的存在,瑰美的背后隐藏着荒野的凄凉、孤寂与无情。浓重的孤寂感向辛普森袭来,德法戈还未回来,年轻人禁不住四处张望,竭力想听到同伴回营的脚步声,期盼中有等待时的愉悦,也带着本能的惊慌与恐惧,"如果出了什么事他回不来了,我该怎么办？我又能怎么办？"

　　终于等到了德法戈，两人开始享用精心准备的晚餐，吃着从未品尝过的小鱼，呷着未加牛奶常人消受不起的浓茶。他们经过三十英里的艰难跋涉，一路上几乎没进食，这醇烈的浓茶正对脾胃。茶足饭饱之后，两人围着篝火，舒展疲惫的四肢，吸烟、说笑、讲故事，还讨论着明天的计划。未发现驼鹿的踪迹，德法戈略有失望，但仍然谈兴颇浓，毕竟当时天色已晚，他也没有走得太远。辛普森望着同伴，愈加清楚地意识到他们现在的处境——茫茫荒野中只有他们两人。"德法戈，你知道吧，这片丛林无边无际，这让人不自在——我是说，感觉很不舒服，对吗？"辛普森只是想表达瞬间的感受，没料到他的向导打断了他的话头，非常严肃认真地答道："你说得很对，辛普森东家，的确是这样，这丛林根本就是无边无际……无边无际。"说着，他盯着辛普森看了一会，像是要从他脸上搜寻出什么似的，然后又压低声音，像在自言自语："好多人都意识到这点，然后就彻底垮掉了。"他语气中的庄重极易使人联想到周围的情景，辛普森顿时后悔自己挑起了这个话题。他突然记起叔叔曾说过有些人会因置身荒野而异常兴奋，他们有时会沉溺于丛林的废弃、荒凉而近乎痴狂，直至被诱入死亡的深渊。辛普森猛然想到他的同伴与这类怪人颇有相似之处，于是就把话题引开了。他们谈起了汉克和医生，以及两组间的较量——谁将首先发现驼鹿。

"如果他们一直向西走,"德法戈漫不经心地说道,"现在离我们就有六十英里了——老朋克在咱们两队的中间,整天待在营地里吃他的鲜鱼、咖啡。"一想到朋克憨乎乎的样子,他们不禁开怀大笑,但刚刚德法戈随口提到六十英里,又使辛普森意识到这片林地的广袤无边:六十英里仅仅是一小步,两百英里也不过是一步多一点点。他的脑海中一再闪过关于猎手失踪的故事:那些无家可归、四处漂泊的人经不住林中美女的诱惑,遭遇种种神秘的激情。这一幕幕冲击着他的灵魂,令他心绪不宁,他模模糊糊地感觉到也许正是他同伴阴郁的情绪引发了他一系列的胡思乱想。

"唱支歌吧,德法戈,如果你不太累的话,"辛普森提议,"你那天晚上唱的海上民谣,随便哪支都行。"他把烟袋递给向导,然后又往自己的烟斗里填烟丝。德法戈非常乐意一展歌喉,轻柔的歌声飘过一汪湖水,萦绕不绝。这曲子原本是伐木工、捕猎手为缓解劳顿而吟唱的,哀伤而近乎忧郁,还略带诱人的浪漫,不禁令人回想起旧日的拓荒者时代。故土遥不可及,深陷荒野丛林,只有骁勇好战的印第安人与之为伍。悦耳的歌声荡漾在水面,而他们身后的丛林似乎将这歌声一口吞下,不留丝毫回音。

唱到第三段的中间,辛普森突然觉得德法戈的声音有点不对劲,顿时思绪从连篇的浮想中收回,并莫名其妙地不安起来。德法戈还在吟唱着,但双眼盯着丛林深处的某一点,似乎听到或看到了什么。他的声音愈来愈低,渐渐细若游丝,直到全无声息。突然他猛地一跃而起,像猎犬受训时一般,急促吸气,又转向各个方向,拼命地嗅着什么,最后终于确定了目标来自朝东的湖畔方向。德法戈这怪异的表现着实令人恐惧不安,目睹这一幕,辛普森按捺不住内心的紧张、不安,喊道:"天哪,你吓了我一跳。"他紧靠在德法戈身边,一眼不眨地朝那无边的黑暗尽头望去。"怎么了?你被吓住了?"话未出口,他就知道自己问了一个蠢问题,任何一个明眼人都看得出德法戈早已被吓破了胆。他脸色惨白,即使是晒得发红的皮肤、跳动的火苗都无法掩饰。

　　辛普森感觉自己在瑟瑟发抖,几乎站立不稳了。"怎么了?"他快速重复道,"你是闻到了驼鹿的味道,还是其他什么怪东西?有什么不对劲吗?"他本能地压低了声音。

　　密密匝匝的丛林将他们紧紧围住,近处的树干在篝火的映照下像青铜一样幽幽发光。周围一片漆黑,像死一般的沉寂。在他们身后,一阵风飘过,托起一片孤零零的树叶,似乎有无数看不见的理由促成这唯一可见的变化,似乎有生命在他们周围搏动着,然后就消失了。

　　德法戈猛然转过身,铅灰的脸色已变成土灰色,"我从没说过我听到、闻到了什么。"他一字一顿地说道,声音怪怪的,有意无意地流露出警觉与对抗。"我只是——四处看看——就这样,你总是自以为是地发问,这难免会出错。"然后他又加了一句,试图使口气更自然一些,"你有没有火柴,辛普森东家?"接着他点着了唱歌前已装了一半的烟斗。

他们不再说话,依旧在篝火旁坐下。德法戈换了位置,他的脸正朝着风吹来的方向,即使是经验全无的新手也看得出他是想尽可能地听到、嗅到一切变化,而他是面向湖泊、背靠树丛的,显然刚才刺激了他灵敏神经的怪物不是来自丛林。

"我大概不想再唱了,"德法戈主动解释道,"那首歌让我想起一些过去的烦心事。我根本就不该唱的,它总让我胡思乱想,明白吗?"他仍然在试图摆脱心头涌起的那股强烈情感,希望能在辛普森面前为自己刚才的失态找借口。他的解释不过是信口胡诌,他也很清楚辛普森是不会被骗住的,因为再好的借口也无法说明为什么刚才他嗅着空气时会被吓得脸色惨白。明快闪耀的篝火、轻松随意的闲聊,这一切都无法使营地恢复到片刻之前的温馨安逸。未知的、无可猜测的恐惧正在德法戈身上显现,又携着浓重的阴影向他的同伴袭来,而他后来所做的种种掩饰只能是欲盖弥彰。愈加令辛普森不安的是,他根本不知道该如何发问,探究出这恐怖的根源。印第安人?野生动物?森林失火?不,不,这一切都不可能。他任由思绪驰骋,竭力搜索答案,却一无所获。

他们继续吸烟、聊天,围着烧得正旺的火堆暖身子。过了好一会儿,刚刚突袭了营地、扰乱他们平静的恐怖不知为何又撤走了。也许是因为德法戈努力恢复了原先的沉稳自如;也许是辛普森之前过分夸大了事实;也许是由于荒野本身就具有安神镇定的功效。不论何故,莫名的恐惧感如同一个神秘的不速之客,来也匆匆,去也匆匆,没有什么能让它多逗留片刻。辛普森开始觉得自己像个小孩子,陷入了毫无缘故的恐惧。而这恐惧可能是由于无边的荒野激起了他潜意识里的兴奋,也可能源自孤独的魔力,或是过度的疲劳。那向导苍白的脸色的确令人费解,但也许是火光映照的结果,或者是出于自己离奇的想象。辛普森终因证据不足而打消了自己的怀疑,毕竟他是个苏格兰人。

一种不同寻常的情绪消退后,人们总归会寻根溯源找到种种解释。辛普森自嘲地一笑,点燃最后的烟管,回到苏格兰后,这也可以算是一个相当不错的故事嘛。他并没意识到他这呵呵一笑恰恰表明恐惧依然潜藏在他灵魂深处——事实上,这样的笑通常表明了一个极度警觉的人正试图说服自己摆脱惧怕。

听到这低声一笑,德法戈惊讶地抬头一望。两人肩并肩地站了起来,无聊地踢着篝火的残灰余烬。已经十点钟了,猎人们通常早就该休息了。

"想什么呢,嗯?"德法戈问话时腔调平常,却又透着一股严肃劲儿。"我,我在想我们家里的那些小树林,就在刚才,"辛普森像是被德法戈吓了一跳,结结巴巴地答道,"还把它们跟这里的一切做比较。"他的思绪又回到了一直萦绕心头的丛林,说着他手臂一伸,指向了树林。

两人停了一会儿,都没说话。

"尽管这样,我也不会笑的,如果我是你的话,"德法戈接着说道,他的目光越过年轻人的肩膀向黑魆魆的丛林望去,"那里有些地方人们从未见识过,也没人知道那里究竟有些什么。"

"太大了,还是太远了?"辛普森问道,他觉得向导的言外之意近乎可怕。德法戈点点头,他脸色阴郁,同样感到恐慌不安。辛普森明白在这广袤的林地深处必有几处人迹未至的荒地,这个想法令他感觉不快,于是故作欢快地大声提议上床休息。但那向导磨磨蹭蹭地拨弄着篝火,漫无目的地码着火堆旁的石头,做了许多根本不必做的琐事。显然他是想说些什么,但又不知从何说起。

"哎,你说,辛普森东家,"最后一点火星熄灭了,他突然开口了,"你没闻到什么?我的意思是,什么特别的味道?"辛普森意识到这个看似寻常的问题,恰恰揭示了他所关注的焦点,顿时一股冷气从后背袭来,他打了个寒战。

"什么也没闻到,除了这柴火的味道。"他肯定地答道,一边又踢了踢火堆的余灰,这"砰"的一响倒把他自己吓了一跳。

"整个晚上难道你什么也没闻到?"那向导阴沉着脸盯着他追问,

"没闻到一种非常奇怪的味道？是你以前从没闻过的味道？"

"没有，没有，听着，我压根什么也没闻到。"辛普森还是坚持这个回答，他几乎有点冒火了。德法戈的脸色顿时由阴转晴，显然是松了口气，"那就好，真高兴听到你这样说。"

"那你呢？"辛普森脱口问道，但随即又后悔了。

黑暗中加拿大佬向他靠近了，摇头答道，"我大概也没闻到什么，"但他口气并不十分肯定，"大概就是因为我唱了那首歌，这歌是他们在荒林营地之类，或是被上帝遗忘的角落里唱的。当瘟帝在他们周围飞快出没，他们被吓破了胆——"

"什么？'瘟帝'？"辛普森又打了个寒战，急切地打断了他。年轻人愈加烦躁不安，他知道他已经接近这真正的恐怖之源了。然而转瞬而来的好奇心挡住了他的恐惧，也阻碍了他做进一步的判断。

德法戈猛地转身，直盯着他，似乎要突然尖叫起来。这向导两眼发亮，大张着嘴，却把声音压得低低的，简直像在耳语："没什么，没什么。那些脏兮兮的伐木工喝醉了，瞎说的，是一种很大的怪兽，就在那边，"说着，他脑袋朝北一甩，"神出鬼没，速度快得像飞起来一样。丛林中什么动物都没它大，据说要是看见了它是不吉利的，就这么多。"

"噢，荒郊野地的迷信罢了，"辛普森快步朝帐篷走去，一边试图甩掉德法戈的手——他被这向导抓得紧紧的，"好了，好了，看在上帝的面子上,快点吧,把灯笼点着。现在咱们该睡觉了,如果明早想日出就起床的话。"

"就来了,就来了!"一片漆黑中传来德法戈的答话,他紧跟在辛普森身后。一会儿,他点亮了一盏灯笼,挂在帐篷杆前面的铁钉上。灯笼摇摆不定,密密匝匝的树影也随之变幻。突然德法戈被绳子绊了一下,冲进帐去,整个帐篷像遭遇狂风突袭般瑟瑟发抖。

两人和衣睡在香树枝搭成的小床上,享受着帐内的温暖舒适。帐外挤挤挨挨的树丛结集了无数重叠的树影,悄悄向他们逼近。小小的帐篷就像一片白色的小贝壳落入了大海,被丛林、树影围得密不透风。

然而,除了夜幕下的树影之外,还有一个影子已渐渐袭来——刚才德法戈唱歌时突然显现的莫名阴影——像魔鬼一样驱之不散。辛普森躺在那儿静静地等着沉入甜美的梦乡,他从帐篷敞开的帘口打量着夜色中原始丛林独有的静谧。此刻一丝风也没有,浓重的夜色将一切都蒙了层纱,人的意识也愈加蒙眬……辛普森迷迷糊糊地进入了梦乡。

三

水波轻拍着湖岸,与他减缓的脉搏和着节拍,似乎就在帐篷外,感觉不是很真切,突然他意识到自己醒了。除了水波拍岸声之外,还有一个轻柔的声音若有若无，撩起他的怜悯与警觉。他凝神去听，却只有脉搏、心跳像擂鼓般震着他的耳膜。他不禁迷惑了，那声音究竟是来自湖上，还是丛林？

突然，他心头猛然一抽动，他意识到声音就来自他身边，就在帐篷里。他翻了个身，听得更清楚了，声音离他还不到两英尺，是低低的哭泣声。黑暗中德法戈躺在床上啜泣，仿佛伤心欲绝，毯子掩着嘴，似乎想竭力掩住哭声。

未及细想，辛普森只觉一阵心痛。在这荒野中听到熟人的声响，唤起了他的怜悯与温柔的关切之情。这低泣声与周围的一切是如此不协调，在这广袤、野性十足的丛林中，哭有什么用？就像一个幼小的孩子在大西洋中无助地哭泣……然而，他又联想起刚才发生的一幕，恐惧立刻袭来，他不禁毛骨悚然。

"德法戈，"他低声问道，"怎么了？"他尽量使自己温柔一些，"你身上痛？还是不开心？"没有回答，但哭声戛然而止。辛普森伸出手碰了碰同伴，也没反应。

"你醒了吗？"他突然想到德法戈可能是在梦中哭泣，"你冷吗？"他注意到对方的脚没盖着毯子，已经伸到帐篷外面了。他把自己的毯子多出的一块给同伴盖上脚。德法戈朝床尾滑落，搭床的树枝也似乎跟他一起滑动了。辛普森没敢帮他挪回原位，唯恐把他惊醒了。

他又试着轻声问了一两个问题，等了几分钟，依然没有回答，也没有任何响动。现在，他听到呼吸声渐渐平稳了。他又把手轻轻放在同伴的胸口上，感觉心跳也平稳了。

"如果有什么不对劲，告诉我。"他小声说，"或者我能做些什么，马上叫醒我，如果你觉得……觉得奇怪的话。"

他几乎不知道该说什么，只好又躺下了，他想弄明白这究竟是怎么回事。德法戈显然是在熟睡时哭，是梦境还是别的什么惹他伤心了，而他这一生将永远不会忘记那可怜的哭声，与此同时，整个荒野丛林也都在聆听……

他头脑不停地转动，想着最近发生的一幕幕，想着这块神秘之地，尽管理智说服他放弃一些令人不快的想法，但深藏于心头的不安却怎么也挥之不去。

四

睡意还是战胜了所有的情感。小床暖暖和和的，人早就疲乏了，黑夜的抚慰钝化了他的记性与警觉，他开始走神了。半小时后，他就忘记了周围的一切，又进入了梦乡。在这个意义上，睡意是他的大敌，掩盖了危险的临近，也磨钝了他警惕的神经。

有时候在梦魇中,一连串的事件会接踵而来,极其恐怖逼真,令人确信无疑,但前后矛盾的细节却显然在质疑它们的可信度。于是接下来发生的事情就会劝服大脑,这一切只有部分是真实的,余下的不过是幻觉罢了,因为一些合乎情理的细节在思维混乱时被忽略了。

人在熟睡时,头脑中只有部分是醒着的,不免错过了判断的机会。"这一切并不完全是真实的,等你醒来了,你就明白了。"辛普森就是这么想的。那晚发生的事情本身并非神秘莫测,而辛普森的所见所闻却只是支离破碎的片段,令他毛骨悚然,因此能弄清真相的关键被忽略了。

辛普森记得,一阵剧烈的响动从帐内传到帐篷口,他被惊醒了,发现同伴正直挺挺地坐在他身边,瑟瑟发抖。已经过去几小时了,天边一丝微弱的曙光正在帐篷口勾勒出他的轮廓。这次德法戈没有抽泣,而是像片叶子在风中颤动,紧裹全身的毯子将他的颤抖显露无遗。好像有什么东西藏匿在帐篷门帘附近,把他吓得缩成一团。

辛普森立刻大声问了他一些问题,但他一个也没回答。年轻人当时睡意未消,也记不得自己究竟问了些什么。周围气氛如梦魇般恐怖,使得说话、行动都费劲了。起初他甚至都无法确定自己到底在哪儿——是在原先住过的某个营地,还是在阿伯丁的家里——他陷入了迷乱、焦虑。

接着，似乎就在他醒来的同时，帐外拂晓的沉寂中骤然响起一种最离奇不过的怪音，没有任何警示，却是说不出的可怕。辛普森断言，应该是一个人的声音，沙哑而又哀伤。不是来自地面，倒像是从头顶上空传来的低吼，音量极大，明显还带有穿透性与甜蜜的诱惑力，真是令人费解。声音响起时，明显被断成三个单音，依稀像是在怪腔怪调地喊向导的名字："德——法——戈"。

辛普森承认他无法做出确切描述，因为它与他曾经听过的所有声音都毫不相像，还混杂了一些截然不同的音色，"有些恐怖，拖着哭腔，流露出孤独、狂野不驯，却又令人厌恶……"

这怪音渐渐融回寂静的深渊。就在声音完全消失前，他身边的向导突然一跃而起，含糊地喊着，应答着，发狂地张开两臂，两腿乱踢，想要挣脱毯子的束缚，忽而又猛地朝帐篷杆子撞去，整个帐篷都晃动起来。德法戈在门口僵直地立了一两秒，微白的晨曦映射出他暗色的身影。他突然飞箭离弦似的冲出帐篷，眨眼就不见了，同伴根本来不及伸手拦住他。他以惊人的速度一路狂奔，叫喊声也随之消失在远方。

那喊声带着痛苦不堪的惊骇，又莫名其妙地透着极度的狂喜——"噢！噢！我的脚火辣辣的！我的脚正在被火辣辣地烧！噢！噢！这么高，这么快，火辣辣的！"

距离很快吞没了他的喊叫，清晨浓重的沉寂又笼罩了整个树丛，与先前一样。

这一切发生得如此猝不及防,若不是看到身边那张只剩下一堆皱巴巴毛毯的空床,辛普森还以为是做了场噩梦。他仍能感到身旁德法戈留下的余温,帐篷被德法戈离开时猛烈撞击了一下,还在微微摇晃,德法戈的叫喊声仍在他耳畔回响,远处依稀传来那向导的疯言乱语。而且他不仅仅是看见德法戈的怪异表现,听见他令人费解的怪叫,还隐约嗅到了一丝奇怪的香味,略有些刺鼻,弥漫了整个帐篷。他意识到这令人难受的味道正顺着他的鼻孔进入咽喉。这时他突然冒出一股勇气,一跃而起,冲出帐外。

天色已略微发白,清冷的晨曦投射在丛林间,周围的景致显露无遗。身后的帐篷被露水打湿了,篝火的余烬黑黑的,仍有余温,湖面上薄雾迷离,湖中小岛若隐若现,像被蒙上了层轻纱,林中空地上还点缀着几处白雪。一切都是如此凄冷寂静,等待着朝阳的光辉。但四处都没有失踪向导的丝毫踪迹,他似乎是急速飞过了冰封的丛林,当时根本就没有听到他离去的脚步声,他在密林中的喊叫也未留下回声。他失踪了——彻头彻尾地失踪了。什么线索都没有,只有他在营地周围活动过的印迹,还有那股刺鼻的、四处弥漫的气味。

而这气味却转瞬即逝,尽管辛普森极度不安、忧虑,他仍然想尽力弄清真相。也许他潜意识里并没有立即认识到,要界定这么一种难以捉摸的味道，着实是一件耗费脑力的事情。他失败了，因为在能够准确把握它之前，它就消失了。即使是想要大致描述似乎也非常困难，它与他所知的任何气味都不尽相同。相当辛辣，他觉得有点儿像狮子身上的气味，但略为温和一些，也并非是完全令人不快，毕竟还带有一丝甜味。这使他想起了花园里的腐叶、泥土，还有弥漫在整个大森林中无数种不知名的味道，最后他还是将那概括为"狮子的气味"。

这气味早已无影无踪。辛普森发现自己傻傻地站在篝火的余烬旁，陷入了惊疑与恐惧之中，不知所措。任何可能发生的事情都会对他造成伤害，假如有只麝鼠用尖嘴笃笃地凿岩，或是小松鼠忽地跳到树枝上，他极有可能就被吓得昏厥过去。他觉得这整件事都带有外在的巨大恐怖，他还未来得及集中精力控制自我，体力、智力似乎都已散落到了各处。

然而什么也没发生，一阵清风温柔地唤醒熟睡的丛林，零散分布的枫树似乎在瑟瑟发抖。天色仿佛突然亮了许多，辛普森没戴帽子，愈发感觉凉风拂面。他觉得自己打了个寒战，费力地思量了一会儿，又意识到他是独自一人置身于茫茫林海，他必须立即行动去寻找并救助失踪的同伴。

接着，他的确采取了行动，却劳而无功。四周皆是荒野丛林，身后还有湖水阻隔。一想到德法戈的怪叫，他就抑制不住地心生恐惧。

在这样迷惑、混乱的状态下，没经验的新手一般都是不知所措。辛普森也不例外，他发疯似的漫无目标地四处乱跑，像个受惊的孩子，一刻不停地大叫着向导的名字："德法戈！德法戈！德法戈！"他每叫一声，树林就略微轻柔地回应道："德法戈！德法戈！德法戈！"

近处的雪地上留下了一些足迹，但稍远一点的密林根本就无积雪，更没有什么脚印。辛普森喊得声嘶力竭，静寂的荒野无动于衷地听着他的喊叫，令这叫声愈发恐怖。他终于停了下来，头脑也因狂喊乱叫愈加糊涂，他简直痛苦到了极点，难以遏制。终于疲惫降服了他的疯狂，他困倦不堪地掉头回营。他在丛林中居然能找到路，这真是不可思议。其实费了很大力气，犯了不少错，直到最后发现了树丛前的帐篷，他才安全地返回营地。

疲倦的确是一剂安神的良药，辛普森慢慢镇定了。他生了火，吃了早饭，热咖啡、熏肉无疑又助长了他的判断力。他意识到自己刚刚表现得像个孩子，现在他似乎勇气倍增，能够镇定自若地面对困境了。他决定先做一次详尽的搜寻，如果仍未发现德法戈的踪影，他就尽快返回大本营求助。

这次由于有了周全的计划，他选了条新路线，希望扩大搜寻的范围，这样迟早会发现向导的脚印。没走多远，他就看到了一头巨兽留在雪地上的足印，旁边还有小一些、浅一些的人脚形痕迹。毫无疑问，是德法戈的脚印。辛普森很自然地舒了口气，他立刻为整件事找到了十分简单的解释：大足印显然是一头雄驼鹿留下的，它逆着风瞎闯乱跑到了营地附近，发现情况不对，就狂叫以警示同伴，而德法戈具有天生的捕猎本能与异乎寻常的技艺，在几小时前就嗅出随风飘来的驼鹿气味了，他的兴奋与失踪显然是因为——因为他——

他的解释行不通了。他的常识毫不留情地告诉他这一切都不对：没有一个向导会荒谬到像德法戈一样，连猎枪都不带就出门。整件事并不像他解释的那么简单，他记起了所有的细节——恐怖的喊叫、令人诧异的胡言乱语、他初次嗅到异味时死灰般的脸色、黑暗中的低泣。此外他还模糊地想起一点——德法戈一开始就不愿意来这片丛林。

他又仔细地查看了足印，这根本就不可能是雄驼鹿留下的！

汉克曾跟他描述过公牛、母牛、小牛的蹄形。他很清楚地画在一块桦树皮上，而这些足印是完全不同的，又大又宽，圆圆的，不像常见兽类的蹄子那样轮廓分明。他想了一会儿，不知熊的脚印是否是这样的？他实在想不起别的还有什么动物，驯鹿是不可能在这个季节南下的，即使有驯鹿出没，也会留下蹄印的。

这真是不祥之兆——一个大活人被不知名的怪物诱拐失踪，在雪地上留下了神秘的印迹。当辛普森把这点与破晓时分骇人的怪声联系起来，顿觉头昏目眩，难以自持，整件事情凶险的一面已暴露无遗。

他又蹲下去仔细察看那些印迹，突然那丝甜甜的辛辣的气味又飘来了。他急忙起身，尽量克制住想呕吐的感觉。然后他的记忆再次恶毒地捉弄了他，他突然记起德法戈那双没盖毯子的脚曾伸出帐篷外，整个身体似乎曾被一股力量朝外拖动，德法戈醒来后还被吓得缩成一团，试图躲避门口的什么东西。所有这些一起折磨着他脆弱的神经，所有可怕的细节似乎都已融入寂静的幽林。这幽林已将他重重围住，每棵树似乎都在聆听、在观望，等着看他该如何行动。

凭着不屈的勇气，辛普森继续前进，尽可能地循着那些印迹走，极力地克制着试图摧毁他意志的种种不祥之感。他不停地在树干上刻记号，以防返回时迷路，他每隔一会儿就大叫一次向导的名字。手起斧落，凿在粗壮的树干上，发出单调的"砰砰"声，他的喊声也益发地不自然，在空无一人的林中无比骇人。终于他不敢去听这声音，也不敢发出任何声响，因为这会暴露出他的所在之地。当他在拼命找寻德法戈时，也许正有什么怪物在不遗余力地追捕他。

辛普森竭力挥去这个瞬间冒出的念头。他意识到，这只是个开始——一种极其危险的迷惑感正试图将他快速地摧毁。

尽管积雪并不是很延续，但他在最初几英里还能不费力地跟着雪地上的印迹走。它们在树林中见空落脚，排列整齐。很快两足间的距离越跨越大，任何寻常的动物都不可能有如此巨步，几乎像是凌空飞腾了，其中一个步幅竟有十八英尺。他知道这肯定有问题，但就是弄不懂为什么这其中再没有别的印迹了。但更令他迷惑的是，德法戈的步幅也同样渐渐增大，直至跨出难以置信的距离，看上去像那巨兽带着他一起凌空飞奔。辛普森几乎不敢相信自己的眼睛，要知道他比德法戈腿长得多，但他即使飞跑着跳跃也达不到那步幅的一半。这两列几乎并排的足迹步幅如此之大，显然德法戈经历了一次惊心动魄的骇人旅程，只有发狂般的恐惧才能留下这么不可思议的印迹。这是辛普森见过的最恐怖的东西，他不禁感觉到来自心底发出的战栗。他失去了主意，开始机械地循着这些印迹前行，不时扫过肩头看看是否已被什么巨兽跟踪……很快他几乎已淡忘这些印迹究竟意味着什么：雪地上的痕迹是由不知名的什么野兽留下的，旁边的小足印是德法戈的——那个矮矮的法裔加拿大佬，他的向导，几个小时前还跟他同住一个帐篷，有说有笑，甚至还在他身旁唱过歌……

五

辛普森年纪轻轻，缺乏经验，但他还是凭着苏格兰人的精明、严密的逻辑思维及丰富的常识在整个历险中尽力保持了心境的平稳。不然，当他接二连三看到一些怪事物，肯定就会打道回"府"——毕竟营地要相对安全一些。年轻人双手紧握枪柄，奋勇前行，同时心里开始了对上帝的虔诚祈祷。他发现两行印迹都发生了变化，而德法戈的脚印尤其变得使人诧异、惊骇。

他是首先在大足印上看到变化的，而且好一会儿他都不敢确定是否看清楚了，是落叶制造了这种奇怪的光线而产生的阴影效果？或者是干雪像碾碎的米粒一般随风往足印的边缘漂移，形成光亮不一的变化？或者是巨足印真的带上了浅浅的颜色？事实是这些由巨兽留下的深深印迹的边缘确实显现出一种神秘的淡淡的微红，极像是光线变化的效果，倒不像是积雪本身被染色。每一个足迹都是这样，而且颜色越来越明显，这模模糊糊的如火焰般的微红愈发增添了整幅景象的恐怖之处。

这一切简直无法解释。辛普森又查看了小足印，它们也同时发生了变化，越发令人毛骨悚然。在先前的几百码，他发现它们渐渐地与大足印相似，些许变化不易察觉。但他确实没有弄错，很难辨认变化是从哪儿开始的，其结果却是毋庸置疑的。德法戈的脚印小而清晰，已经变成了大足印的小型翻版了——这就意味着德法戈的双脚已变了形状。看到这些，辛普森心头顿时翻腾着难言的恐惧与恶心。

辛普森开始犹豫不前，这在他身上可是头一次。很快他为自己的怯懦与警觉感到羞愧，又急忙快走几步。他很快又停下了，因为面前所有的印迹都中断了，两道足印都骤然不见了。他在周围几百码四处搜寻，却一无所获。

这儿的树木生长茂密，全是参天大树，云杉、雪松、毒芹，根本就没有灌木丛。他往远处张望，心忧如焚，根本无法做出任何判断，然后又反反复复地搜寻查找，却总是得到同样的结果——一无所获。在雪地上留下印迹的人脚及兽蹄，显然已离开了地面。正当辛普森极度痛苦迷惑的时候，由来已久的恐怖又不失时机在他心头猛抽一鞭。这致命的一击恰恰击中他的痛处，使他彻底丧失了勇气与自制力。他一直暗自害怕这一刻的到来，但它还是来了。

在头顶上空，他又听到了向导德法戈的喊叫，从极远极高处传来，微弱不清，还带着古怪的哭腔。

那声音来自寂静、清冷的天穹，令人无比恐惧、气馁。辛普森松开了手中的步枪，他一动不动地站了一会儿，全神贯注地听着，然后跟跟跄跄地后退了几步，无助地靠在最近的一棵树上。他的一切计划都被打乱了，此刻他心乱如麻，六神无主。对他来说，那一刻是他所知的最令人震骇迷乱的经历。他的心灵似乎都变得麻木了，所有的心情、感受都仿佛被突如其来的一阵风卷走了。

"噢！噢！这么高，这么快，火辣辣的！噢！我的脚火辣辣的！我的脚正在被火辣辣地烧！"

极度痛苦的声音自高空传下，带着难以形容的哀诉与恳求。喊叫声过后，又是一片沉寂，整个丛林似乎都在屏息聆听。

辛普森几乎不知道自己做了些什么。过了一会儿，他发现自己在毫无方向地狂奔，试图追上他的向导。他四处搜寻，疯狂地喊叫，被树根、巨石绊得跌跌撞撞。他失去了所有的自制力与判断力，心神纷乱，几乎都有点精神错乱了。恐惧充斥了他的双眼，进入他的内心，直至灵魂深处。刚才德法戈的呼救中流露出置身荒野的恐怖、遥不可及的野性力量，充满着荒凉、孤寂，却又带有摧毁性的诱惑力。他分明感觉到他的向导当时经历的所有痛楚——孤独无助，彻底迷失，忍受着欲望、艰辛与孤寂的折磨。在他残留的一点念头里，德法戈的身影如火光般一闪而过，穿过原始丛林上空无边无垠的天穹，试图摆脱永无休止的追赶、捕杀……

似乎过了很久，辛普森才在大脑的混杂纷乱中理出头绪，竭力定神思考……

德法戈的喊叫声没再重复，辛普森嘶哑的呼喊没有得到任何回应。荒野的神秘之力牢牢地控制着受害者，将他带到了无法被召回的地方。

辛普森又继续搜寻、呼叫了几小时。接近傍晚时分，他才决定结束徒劳的追赶，返回五十岛水域旁的营地。他其实不愿意放弃，德法戈的呼救声仍在他耳边回响。他费了不少功夫才找到自己的枪与回程的路。由他用斧头刻在树上的记号作为指引，年轻人竭力克服饥饿的折磨，保持着心绪的稳定。他后来承认，如果没能安定心神，他刚刚经历的短暂性精神失常将会一发不可收拾，他渐渐恢复了理性的思考与正常的心理。

暮色渐浓，辛普森在整个路程中一直觉得有人在跟踪他，有数不清的脚步紧紧跟随，笑声、私语声不停地在耳畔响起，他还瞥见一些身影蹲伏在树木、巨石旁，互相打着手势，意欲一同发动进攻，微风的细语也会吓得他竖耳聆听。他偷偷地悄无声息地行进着，尽可能地找地方躲藏。一向易于藏身的树影也变得阴森可怕。受到极度惊吓的大脑此刻充斥了种种模模糊糊的不祥之感，发生的一切事情背后都藏匿着厄运降临的凶兆。

但辛普森最终还是成功地摆脱了所有的胡思乱想，这着实令人佩服。即使是经验丰富的老手，也未必能顺利度过一切难关。他显示出相当不错的自控力，凡事考虑得很周全，他的行动计划即证明了这一点。睡觉是不可能的，摸黑前行也同样是不可行的，于是他在篝火旁整整坐了一夜，双手握枪，不时照看着火苗以免被风熄灭。一夜未眠，他对生的渴望终于摆脱了恐惧、狂想的折磨。天边刚刚露出第一抹曙光，他就开始了漫长的跋涉，赶回大本营求救。向前次一样，他留了张纸条，解释他为什么不在，还指明了食品、火柴的储藏处——尽管他根本就没指望会有人发现这纸条。

辛普森究竟是如何孤身一人在丛林、湖畔找到回营之路的？这本身就是一个离奇的探险故事。听他讲述，你就会了解到当无限空旷的荒野狂笑着将一个人控制于股掌之上时，他的灵魂将经历怎样激情的震撼与孤独的折磨啊！你必将会钦佩他大无畏的勇气。

他宣称他只是循着模糊难辨的足印，不假思索地机械前进，没有任何技巧。毫无疑问，事实的确如此。他只是凭借着无意识的本能与类似原始人和动物所具备的天生的方向感，穿越了茂密的丛林，成功地到达了藏独木舟的地方。就在三天前，德法戈把小船藏好，还说过那句话："向西划过湖，就能到大本营。"

暮色渐重，他无法靠阳光辨方向，但他尽己所能将指南针的用途发挥至最大限度，终于走完了最后的十二英里。眼见丛林已被甩在身后，他总算松了一口气，而且湖面上恰巧风平浪静，他直接划过了湖中心，并没有沿着湖岸再多划二十英里。其他的狩猎者也碰巧都回营了，他们点燃的篝火恰好为他指路，不然他可能要找一整夜才能发现营地。

即使这样，几近夜半时分他才将小船吱吱呀呀地划进了港湾。汉克、朋克以及他叔叔都因他的叫喊从梦中惊醒，他们飞快地跑来，把这个精疲力竭、几乎崩溃的苏格兰小伙子扶上岸。

六

这两天两夜他一直被莫名的恐惧与光怪陆离的想象折磨得神志恍惚，他的叔叔，头脑理智的卡思卡特医生的出现立刻使整个事件呈现新的面目。卡思卡特干脆利落地叫了他一声："嗨！孩子！怎么了？"又伸手紧紧握住他，随之带来的是另一种评判标准。瞬间辛普森发生了急剧转变，他意识到他太放任自己了，甚至为此感到羞愧。他又恢复了他们民族特有的理性与务实。

因此，当他们围坐在篝火旁时，他发现他很难将发生的每一件事都告诉同伴。但他还是讲述了基本情况，他们立即决定尽可能早地出发去救德法戈，而辛普森必须要吃饱睡好，恢复体力后才能做向导。卡思卡特医生仔细地查看了小伙子的身体状况，给他注射了少量的吗啡，他整整酣睡了六个小时。

辛普森后来对此事做了详尽的记录，但当时面对众人的惊诧，他将一些至关重要的细节都略去了。他声称是因为叔叔不动感情地正视着他，他才没有勇气去提那些。于是搜索组听到的所有信息就是德法戈在夜里不可理喻地染上了严重的狂躁症，他以为有什么人或什么东西在"召唤"自己，就立刻跟着它钻进了丛林，没带食品，也没拿枪。这样，他肯定会饱经严寒与饥饿的折磨，慢慢死去，除非他们及时找到他,而"及时"就意味着刻不容缓。第二天,他们七点钟之前就出发了,只留下朋克守营,随时准备生火做饭。行路途中,辛普森发现自己能够告诉叔叔更多的事情真相了。年轻人根本没意识到,其实是医生不露痕迹地盘问出的。当他们到达足印开始处,也就是藏独木舟的地方,他已透露出许多细节。德法戈曾模模糊糊地提到过"怪兽瘟帝",那向导在睡梦中曾莫名其妙地抽泣,他曾在营地周围嗅到不同寻常的气味,还流露出其他精神亢奋的征兆,他还承认自己也被那奇怪的气味弄得糊里糊涂,"辛辣刺鼻,像狮子身上的味道。"快到五十岛水域时,他又说出他听到了那失踪的向导高呼"救命"——后来他觉得这等于公开承认他自己也处于歇斯底里的状态。他略去了德法戈的原话,因为他根本无法重复那荒谬的字句。他还描述了那向导在雪地上留下的脚印是如何逐渐变成了巨兽足印的微型翻版,却没提足印之间的惊人距离。年轻人试图在自尊与诚实之间寻找一种微妙的平衡,因此透露出一些事实,却又掩盖了部分真相。比如,他曾提及雪地上的微红,却没敢告诉叔叔,德法戈曾连人带床几乎都被拖到了帐篷外……

卡思卡特医生一向自诩为经验老到的心理学家,他几乎没费力气就使辛普森相信是自己在孤独、迷惑、恐惧多种感觉的影响下,过度紧张以至产生了幻觉。医生一面夸奖年轻人的英勇果敢,使他相信自己比实际上还要伟大,一面又不时指出他的头脑何时发生了偏差,贬低他提供的证据的价值，使他误认为自己愚不可及。像其他的许多唯物主义者一样，医生凭借有限的知识信口开河，拒绝接受与他一己之见不相容的种种见闻。

"一段时期恐怖骇人的独处，"他说，"对任何人都会有所触动，我是指那些想象力极为丰富的人。我像你这般年纪时，肯定也会和你一样易受影响。在你们的小营地四周出没的肯定是头驼鹿，因为驼鹿有时会发出一种非常独特的声音。那些大足印会有颜色，显然是你过分激动看花了眼。而足印间的大步幅，等我们看到了自然就能解释了。你听到的那个人声自然是幻觉中一种最简单的形式——幻听，由精神亢奋引起的。而精神亢奋，听我说，孩子，完全是可以被谅解的，况且你这次控制得很好。至于其余的事情，我得说，你表现得非常英勇。一个人迷落荒野实在是太可怕了，如果我处在你的位子，我肯定还不如你一半聪明果断。唯一的一件事——我觉得尤其难以解释的就是——那该死的怪味道。"

"它弄得我很难受，真的！"辛普森郑重其事地说，"绝对令人头昏目眩！"他叔叔熟知心理学的一些术语，显出无所不知的镇定。这令他颇不以为然，一个人要说明亲身的经历还是比较容易的。"一种可怕的荒野般的气味，我只能这么形容它。"他最后说道，又瞥了一眼身旁的叔叔，他仍然是静静的，喜怒不行于色。

医生的回答是："我惊讶的是，在那种情况下，它对你来说还没有显得更可怕。"这些干巴巴的字句，辛普森知道，只是在真相间彷徨，当然是他叔叔理解认可的"真相"。

终于他们一行人来到了辛普森与德法戈露宿过的小营地。帐篷、篝火的余灰、钉在木桩上的那张纸———一切都没被动过。而那些由没经验的新手藏匿的食物却都被发现了，成了麝鼠、小貂、松鼠的美食。火柴散落在帐篷口，食物倒是颗粒全无了。

"好了，伙计们，他不在这儿。"汉克大喊道，跟原先一样咋咋呼呼，粗话连篇，"这是秃子头上的虱子明摆着。可他这会儿去哪儿了，鬼才知道。"神学院学生辛普森的在场并未使他有所收敛，当然他的粗言俗语可能会令读者难以理解。"我提议，"他又补上一句，"咱们现在就开始找，真是活见鬼了。"

德法戈极有可能已遭厄运。这念头一直像分外沉重的铅块压在每个人的心头，沉甸甸的。种种迹象都显示他不久前还存在，那张香树枝搭成的小床被他压得平平整整，似乎他此刻就躺在上面。辛普森模模糊糊地感觉到危险的存在，急忙压低了声音，继续解释一些细节。他现在镇定多了，尽管在来回往返的劳顿之后显得分外疲惫。他叔叔理性的解释基本上排除了他的胡思乱想，而萦绕脑际的一些细节也使他愈发冷静下来。

"他就是朝着那个方向跑掉的。"他告诉两个同伴,手指着那日凌晨向导消失的地方。"他像头鹿似的,跑得飞快,钻进了那边的树林,都是白桦和毒芹……"

汉克与卡思卡特医生互相对视。

"大概跑了两英里,"辛普森继续说道,声音中又有了先前的恐惧,"我跟着他的脚印到了那儿,但脚印突然就没了!"

"那你是在哪儿听到他的喊叫,闻到那股臭气的,还发现了其他所有的鬼名堂?"汉克喋喋不休地问道,语气中流露出焦虑与痛苦。

"是从哪里开始你感到兴奋过度出现幻觉的?"卡思卡特医生追问道,他尽量压低了声音,当然仍能让他侄子听到。

他们的行进速度很快,现在也不过刚到下午,白天至少还有两个小时,卡思卡特医生和汉克立即开始了搜寻。辛普森已是精疲力竭,没法跟他们一起了。他们将顺着他在树上刻下的记号前行,如果可能的话,就跟着他留下的脚印走。

大概搜寻了三个小时,天色已晚,两人一无所获地返回了营地。新下的一场雪将所有的印迹都掩盖了,尽管他们循着树上的记号到了辛普森所经的最远处,却没发现一丝一毫的人或兽出没的痕迹,也没有发现任何新的足印。新雪覆地,无瑕亦无痕。

他们费力地思考最佳方案,事实上也无法再做点什么。即使留下来找上几个星期,最终也可能劳而无功。这场新雪摧毁了他们所有的希望。他们围在篝火旁吃晚饭,个个垂头丧气地面对不幸的事实:德法戈有个妻子,在水陆联运处,他的收入是家里唯一的经济来源。

既然事情已显露出最残酷的一面,一切的伪装与掩盖都已没用了,他们索性开始谈论种种可能发生的情况。即使在卡思卡特医生的个人经历里,他也不是第一次见识荒野奇特的诱惑力。有人会因此而丧失一切理智,而德法戈天性中就有忧郁的潜质,且时不时的开怀畅饮又使他的神经愈发脆弱,这些都使他更有可能成为这诱惑力的猎物。本次出行中的某一事物——这事物大概将成为不解之谜——使他的承受力达到了极限。于是他就这样走了,循入了茫茫丛林、湖区。他将饱经饥饿、疲惫的折磨,精亏力竭而死。他能再次找到营地的希望微乎其微,他的神经无疑会愈来愈紊乱无章,极可能会令他自残自伤,这样就更加速了悲剧的发生。也许正当他们讨论的时候,悲剧就已接近了尾声。但是他的老伙伴汉克还是建议大家再等一等,第二天再进行一次从早到晚全天候的全面搜索。他们详细地讨论了这一计划,具体地规划每人的搜寻范围。任何方法,只要人力所及,他们都将竭力尝试。

同时,他们又开始谈论荒野独具的恐怖感究竟是怎样击溃了那不幸的向导。汉克尽管很熟悉一些离奇的传说,但他显然不乐意话题的转变,显得谈兴不浓。然而,他的寥寥数语却提供了重要信息。他说这一带流行一个传闻,几个印第安人去年"秋天"曾在五十岛水域附近"见过怪兽瘟帝"。这其实就是德法戈不愿去那里狩猎的真正原因,毫无疑问汉克觉得自己的怂恿劝说在某种意义上把老友推向了死亡。"一个印第安人发疯时,"他低声解释道,似乎在自言自语,"人们总是说他见到了怪兽瘟帝,可怜的德法戈一直是迷信得要命……"

这时候辛普森感觉气氛比较适宜,于是又开始讲述他离奇的经历。这次他没有遗漏任何细节,他还提到了他自己的紧张、恐惧、兴奋等感觉,只是略去了德法戈奇怪的叫喊。

"但是,亲爱的孩子,德法戈肯定已经告诉过你有关瘟帝的种种细节,"医生仍然坚持己见,"我是说,他讲述的这些已进入了你的头脑,后来你又过度亢奋,加上了自己的想象?"

接着辛普森又重述了事实,他强调德法戈几乎就没提过怪兽。他,辛普森对这传闻一无所知,而且也从未读过这类东西,甚至连"瘟帝"一词对他都是陌生的。

当然,他说的全是事实。卡思卡特医生不得不承认整件事情的离奇古怪,他并未在言语中流露此意,但他的行为举止却将他的想法暴露无遗。他紧紧靠着一棵粗壮的大树,想要寻求依托,每次篝火将熄时他总是把火拨旺,每一细小声响,他都能最快地察觉——鱼儿在湖中的跳跃声、树丛中的细枝断裂声、树枝上的冰雪融落声。他的声音也略有改变，不如原先那么自信，音调也降低了。显然，恐惧笼罩了小小的营地。尽管三人都想谈些别的话题，但现在他们能够谈论的却似乎只有一点——恐惧的根源。他们试图转换话题，却发现一切尝试都是徒劳。汉克是三人中性情最直的，他几乎什么也没说，一直正面朝着丛林，从未将后背转向暗处，每当篝火不旺时，他总是就近取木头，不愿远离帐篷。

七

寂静像堵厚厚的墙将他们围住。雪虽下的不大，却足以掩住任何声响。严寒似乎将一切都冻住了，只能听见他们的谈话与火苗轻柔的窜动声。空中不时会有小飞蛾轻快地拍翅飞过，似乎没人着急上床休息，不知不觉已近午夜了。

"这个传闻的确古怪异常，"医生说道，仅仅是为了打破长时间的沉默，倒不是因为他有什么要说，"瘟帝不过是象征了荒野的呼唤，有些人听到了就导致了自身的毁灭。"

汉克立刻接上，"你绝对不会弄错，它会直接喊你的名字。"

又是一阵沉默。然后卡思卡特医生突然又回到了那个禁忌的话题，其他人都吓了一跳。

"这一点很重要,"他说着向黑暗的四周望去,"他们说那呼唤很像丛林中一切细小的声音——风声、水声、动物的叫声等,受害人听到了自然就应召而去。他最易受到攻击的部位,据说是双脚与眼睛,因为脚可以满足人行进的欲望,而眼睛可尽收一切美景。可怜的人飞速地前进,所以会眼底出血,双脚发烧。"

说话的同时,卡思卡特医生仍在忐忑不安地凝视四周,他的声音愈压愈低。

"那怪兽瘟帝,"他接着说,"据说会灼烧他的脚——摩擦生热,显然是极快的速度造成的——直到双脚脱落,长出跟它一模一样的新脚。"

辛普森听得又惊又怕,但还是汉克苍白的脸色最令他迷乱不安。如果他有足够的胆量,他倒情愿堵住双耳,闭上眼睛。

"它并不总是留在地面上,"汉克慢吞吞地插话道,"它能飞得很高,那些受害者会以为星星要把自己烧着了。有时它会巨步跳跃,带着人在树顶飞跑,然后把他从高空抛下,就像鱼鹰吃鱼之前先把鱼摔死一样。而整个丛林乱七八糟的所有东西中,瘟帝只吃苔藓!"说着他大笑一声,急促而不自然,"瘟帝是个食藓动物,"说着,他还兴奋地扫视着同伴,"食藓动物。"他又重复了一遍,接下去是一连串他所能想出的最怪异的粗言咒语。

但是辛普森很清楚他们这些谈话的真正目的。这两个强壮、富有经验的男人现在最惧怕的就是沉寂。他们在以谈话打发时间，抵御黑暗与恐慌的进攻，抵制着承认那可怕的想法——他们身处仇敌的国度。他们宁愿以谈话为武器抵御一切，也不愿被心底深处的念头所控制。而辛普森早已经历了恐怖的不眠之夜，在这一点他要胜出他们一筹。他已不再惧怕这些，但这两人，擅长分析又自负的医生、健壮顽强的丛林中人，都在因内心隐秘的恐惧而战栗。

时间就这么一分一秒地过去，这三人身处被荒野包围的险境，神经绷得紧紧的，随时准备抵御突来的袭击，一面还在愚蠢地聊着骇人的鬼怪传说。这是一场不公平的对抗，因为荒野在第一回合中已占了上风——带走了他们的同伴做人质，他们同伴的命运悬而未决。这种压抑感渐趋加重，终至无法承受。

接下去又是分外难耐的沉寂，似乎无人能打破，是汉克最先出人意料地释放了压抑已久的感情。他突然一跃而起，冲着夜色大吼，几乎要将人耳膜震破。他似乎已无法自持，还把手掌放在唇边挥动，使吼叫的节奏更不同于寻常的喊声。

"是因为德法戈，"他说着，看了看两位同伴，掩饰性地发出一声怪笑，"我相信"——中间的粗话可被略去——"这会儿我的老伙计就在附近。"

汉克冲动猛烈的言行令辛普森吃惊地跳了起来，连医生都被骇呆了，唇边的烟管也滑落了。汉克的脸色是死一般的苍白，卡思卡特突然显得很虚弱,似乎他所有的官能都松懈了。突然他眼中燃起一簇怒火，直盯着情绪激动的向导，这似乎有悖他一贯的从容、自持，但汉克的言行太危险、太愚蠢了，他绝不能允许这种过激情绪的存在。下一刻会发生什么，人们只能进行猜测，而无法确定。汉克的吼叫刚刚融入四周的寂静，似乎是为了与之回应，夜空中不知有什么东西飞驰而过，显然它块头很大，经过之处带起一阵强风。同时林中飘下一丝骇人的哭叫，带着难以名状的痛苦恳求——

"噢！噢！这么高！烧着了！噢！噢！我的脚火辣辣的！我的脚正在被火辣辣地烧！"

汉克的脸色白得像纸，他傻乎乎地四处张望，像个孩子。卡思卡特医生发出一声怪叫，猛地一转身冲向帐篷，似乎在盲目的恐惧感驱使下，本能地想寻求帐篷的庇护，然后又突然停止了，僵在原地纹丝不动。三人中只有辛普森还保持了一点理智，他已听到过那哭叫声，恐惧早已深藏于心，他已无法立刻做出反应。

他转向两个惊恐至极的同伴，几乎很镇定地说道："这就是我曾听到过的哭叫———字不差！"

突然他仰头望天大喊："德法戈，德法戈！下来，到我们这儿来！下来！"

人们还未来得及采取任何行动,只听见有什么东西从树丛间重重地落下,一路撞断了无数枝丫,最后轰的一声闷响落在结冻的地上,哗啦啦的坠落声与轰响的撞击声在此时听上去异常可怕。

"那是他!上帝保佑啊!"汉克低声叫起来,声音似有些哽噎,他的手不由自主地摸着皮带上挂着的猎刀。"他来了!他来了!"他说着,傻傻地怪笑一声,掩饰不住内心的恐惧。这时人们已能清楚地听到重重的脚步声正"嘎吱嘎吱"地踩着积雪,穿过黑暗向亮处走来。

蹒跚的脚步声愈来愈近,三人站在篝火旁,一动不动,一言不发。卡思卡特医生像是突然被镇住了,连眼珠都不转动了,汉克受到了极度惊吓,似乎正处于爆发的边缘,但还未有行动,他几乎变成了一尊石像。他们都像是被吓呆了的孩子,这真是一幕骇人的画面。同时,尽管未见其人,但脚步声已愈来愈近,"嘎吱嘎吱"地踏着冻雪。

这声音似乎没有尽头——太长了,几乎不像是真实的——正一步一步无情地向他们靠近,既可怕又可恶。

八

在煞费苦心的筹划后,黑暗中终于显现出一个身影。他正向灯影纷叠的篝火走来,相距不到十英尺,然后停下了,盯着他们看。一会儿他又像牵线木偶似的时停时进地走近了，全身暴露在火光下。他们看出——这身影是个人，而这人显然就是德法戈。

每人脸上都显出一丝惊恐，三双眼睛同时一闪，仿佛透过寻常视野的前沿看到了未知的世界。

德法戈继续前进，步履蹒跚而又迟疑。他径直朝三人走去，然后猛地一转身，正对着辛普森，嘴巴咧了咧，发出声音："我回来了，辛普森东家，我听到有人叫我。"他声音微弱、干哑，上气不接下气，似乎耗费了很大的力气，"我正在受地狱烈火的折磨，真的。"他大笑着朝辛普森探出头。

这笑声把那群面色惨白、蜡人般的身影给惊醒了。汉克立即跳上前，口里咕噜着一长串无人能懂的粗言咒语。辛普森根本没听出汉克在说英语，还以为他换成了印第安语或其他的什么语言，他只意识到汉克插到他和德法戈当中令他舒服多了。卡思卡特医生跟在他后面，似乎略为镇定一些，但也有点站立不稳。

接下去发生的事情，辛普森只有一点模糊的记忆。刚刚那张形容枯槁的脸离他那么近，似乎一下子就看透了他的内心。他不由得晕头转向，不知所措。他站在那儿纹丝不动，一言不发。他不像那两个人，有丰富的经验与坚强的意志，能够设法摆脱情绪上的重压。在他的眼中他们像是在玻璃后面走来走去，一切都如梦幻般有些失真。但是除了汉克滔滔不绝的粗话之外,他记得还听见叔叔坚定有力的声音,在吩咐食品、毛毯、威士忌之类的……那一刻他又闻到了那股怪异的气味,令人厌恶却又甜甜的、似有蛊惑的魔力,一直刺激着他的鼻子。

尽管他远不如那两人经验老到,但还是他最先打破这可怕的沉默,含糊不清地问了一个问题,恰恰表达了每个人心中的疑问。

"是你吗,德法戈?"他低声问道,因为恐惧说话都不连贯了。

其他人还未来得及作声,卡思卡特医生已大叫着回答了:"当然是!当然是!只是——你们看不出吗——他又累又冷又饿,恐怕快不行了!这些足以折磨得他面目全非。"他这么说既是为了说服自己,也是为了使另两人相信。接着他也掏出手绢揩鼻子,那股味道已弥漫了整个营地。

"德法戈"在篝火旁裹着毯子,蜷成一团,喝着热威士忌,瘦骨嶙峋的手里拿着食物。这个"德法戈"与他们最后一次见到的那个活生生的向导简直判若两人,就像一个六十岁的老翁与他青年时拍的银版照片,毫无半点相似之处。他似乎是仿照德法戈的样子,加以可怕的夸张效果,所做出的一个伪造品。辛普森根据对当时情况残存的记忆,断言那张脸简直就像是野兽的面孔,五官根本不成比例,皮肤松弛下垂,仿佛经受了不同寻常的紧张压力。年轻人不禁想起了街头小贩卖的那些橡皮脸,被吹鼓时,五官全都改变了,被放气时,又会发出微弱的"哭声"。"德法戈"的脸和声音都极像那些皮脸,一样的面目可憎。后来卡思卡特试图解释这一切难以形容的变化，他认为"德法戈"曾飞到了高空，空气稀薄，重力降低，他的整个身体、五官因此而松散不堪，变得面目全非了。

汉克有些心神不定，莫名的情绪撕扯心头，无法控制，但他的头脑还是比较清楚，没有受到各种怪念头的滋扰。他稍稍离开火堆几步，以免火光会照得他头昏眼花。他用双手遮住眼睛，过了一会儿，他突然大吼起来，语气中混杂了狂怒，令人惊惧不已："你不是德法戈！你根本不是德法戈！见鬼吧，你压根就不是他，我二十年的老伙计！"他瞪着蜷成一团的那个家伙，似乎想以眼中的怒火将他摧毁。"如果你是他，我宁可拿牙签挑着棉布到地狱擦地板。上帝保佑呀！"汉克的声音带着无比的恐惧与厌恶。

没人能让他住口，他站在那里发疯似的大吼大叫，令人自心底觉得恐怖，因为他说的一切都是真的。他至少重复了几十次，越骂越离谱。树林中回音不断，有一会儿他的手不时去抽腰间的猎刀，似乎要冲向那个"闯入者"。

但是最终他什么也没做，暴风雨般的发作几乎以泪水告终。汉克的声音突然哑了，人一下子瘫软在地上。卡思卡特医生尝试了种种方法，总算说服他去帐篷里休息。余下的事情，他依然看到了，他那被吓得发白的脸一直贴在门帘的缝隙上，向外窥视。

辛普森到目前为止一直显得比同伴勇敢，他跟在医生身后向火堆旁的"德法戈"走去。医生正对着那人毅然站住，直盯着他的脸，镇定地开口了："德法戈，告诉我们发生了什么事——只说一点就行，这样我们才能知道该怎样帮你。"他的口气中透着权威，几乎像命令一般。

那人抬起头，可怜巴巴地望着他。那张脸是那样的可怕，几乎不像是人脸。医生吓得后退了几步，像是在躲避着什么。他身后的辛普森看到的是一张面目狰狞的脸，似乎蒙在外面的面具就要掉下了。"都说出来！都说出来！"卡思卡特大叫道，恳求中透着极度的恐惧，"我们没人能受得了！"这显然是出自本能的叫喊。

"德法戈"苍白的脸上现出一丝微笑，回答了他的问话，声音细若游丝，几乎不像是人声："我看到了那个庞然大物——怪兽瘟帝，"他低声说着，一边四处嗅着，简直像个动物，"我还和它在一起……"

人们将永远不可能知道他是否还能继续说下去。因为卡思卡特医生在竭力盘问时，汉克一直透过帐篷的缝隙惊恐地关注着这一切。这时他突然竭尽全力大叫起来，人们从未听过这般声嘶力竭、惊骇无比的叫喊。

"他的脚！噢！上帝，他的脚！他的脚全变了！"

"德法戈"挪了一下位置，他的腿脚第一次暴露在火光下。几乎就在同时，卡思卡特像只受惊的猛虎一跃而起，向他扑去，飞快地用毯子把他的腿脚包起来。辛普森根本没来得及看见什么，就连汉克也没时间再看仔细。小伙子只模糊地瞥到一眼黑乎乎的奇形怪状的东西出现在他脚的位置上。

医生没来得及采取别的行动，辛普森还未想出问题，"德法戈"就在他们面前站起来了。他费力地保持着平衡，他那扭得不成样子的面孔上现出怪异的表情，阴郁、恶毒，而又凶暴。

"你们也看到了，"他吃力地说，"你们看到我的脚了，我的脚被烧坏了。现在，除非你们能救我，能阻止——它就要来了——"

一阵狂风从湖面呼啸而来，打断了他可怜兮兮的恳求，树木随风乱舞，篝火也快被吹灭了。随着可怕的风声，似乎有什么降临在营地附近，片刻之间就把营地包围了。"德法戈"抖掉身上的毛毯，转身向丛林走去，和来时一样一瘸一拐。他瞬间就不见了，速度快得惊人，没人来得及采取任何行动阻止他。黑暗彻底将他吞没，几秒钟之后，在随风摇摆的树枝上空，在突如其来的狂风怒吼声中，传来一声哭叫，似乎来自遥不可及的天外。

"噢！噢！这么高！烧着了！噢！噢！我的脚火辣辣的！我的脚正在被火辣辣地烧！"三人听得毛骨悚然，随后喊叫声渐渐消失了，随风飘入未知的神秘空间。

卡思卡特医生突然镇定下来，猛地拉住汉克，而汉克正要朝密林冲去。

"我想知道！"汉克尖声叫道，"我想看一看！那根本不是他，是魔鬼变成了他的样子……"

医生不知道自己究竟是如何费力地说服了汉克，最终他把汉克留在帐篷里，还设法让他安静下来。医生显然已恢复了正常的反应，能够依仗自身的能力解决难题了，于是他成功地安抚了汉克。然而他的侄子现在却令他焦灼不安，小伙子一直显示了较好的自制力，但压力愈积愈多，终于导致了歇斯底里的爆发。他不停地哭叫，医生只得将他单独安置在一张小床上，尽可能地远离汉克。

阴森的夜色笼罩了整个营地，年轻人躺在那儿，不时地大叫，时而是令人费解的句子，时而是不连贯的短语。他把有关"快速""高空""火烧"的念头与在神学院读书的记忆全搅在了一起。他一会儿喃喃地说道："那些人的脸支离破碎，正朝营地走过来，速度快得要命！"一会儿他又坐起来盯着树林，似在聆听什么，小声说道："荒野好可怕啊！他们的脚——"他的叔叔不时过来安慰他，把他的奇思怪想岔开。

幸好辛普森的歇斯底里发作持续时间不长，他入睡后就好了，汉克睡着后也安静了。

卡思卡特医生过了一个不眠之夜，现在已过凌晨五点，东方现出第一线曙光。医生脸色灰白，眼神闪烁，显然这一夜他的意志力一直在努力抵御着心底的惊恐。

黎明时分,他点燃篝火,准备早餐,再把其他人喊醒。到了七点,他们已经在返回大本营的路上了。三人饱受痛苦与困惑的折磨,但此时内心的迷惑紊乱都得到了或多或少的调节。

九

他们很少说话,即便开口也只谈些最普通的话题。他们头脑中全是令人痛苦而又不得其解的疑问,尽管没人敢再提起。汉克最单纯、质朴,所以他的心态最先恢复了原状。卡思卡特医生所接受的"文明"一直在顽强地抵制着各种邪魔怪力的进攻。时至今日,他对一些事情仍不能理解。不管怎样,他当时的确花费了较长的时间去彻底恢复。

辛普森,这个神学院的学生,得出了似乎最合理的结论,当然也许并不具有科学性。他认为他们身陷渺无人迹的荒野,自然看到了一些最原始的东西。它们超越人类的文明与进步,在空旷寂寥的荒林展露无遗,显示出一种不成熟的原始生命的存在。他设想这些代表了粗野愚昧的史前文明,那时原始人被极端的迷信所控制。在一些未被文明人征服的荒野,也许仍被一些原始的神秘力量主宰着。现在他记起这一想法在他此后的一次布道中提过:"一些野蛮可怕的蒙昧之力隐匿在人的灵魂深处。它们本身也许并不邪恶，但只要它们存在，就会本能地对人类产生敌意。"

他从未和叔叔详细地谈过这些，因为他们的思想迥然相异，很难交流沟通。只有一次他们不由自主地谈到这一话题，而且只谈了其中的一个细节："难道您不能告诉我——它们（那双脚）像什么样子？"他问道。

回答很巧妙，却颇令人失望："你最好还是别知道，也别试着去发现什么。"

"那么——那股怪味呢？"侄子追问道，"您是怎么看的？"

卡思卡特医生看着他，眉毛一挑："那味道吗，不太容易解释。它不像声音与图像，是可以心灵感应的。我的理解大概和你的差不多。"

他与往常一样，只给了一个模棱两可的解释，如此而已。

那天直到日暮时分，一行三人才回到了位于水陆连运处尽头的大本营。他们已是精疲力竭，饥寒难耐。整个营地看上去空无一人，朋克没出来迎接他们，篝火也熄了，而他们已没有丝毫的力气来表示惊讶或恼火。突然汉克欢呼雀跃着朝火堆旁飞跑过去,这仿佛在警示他们,事情不会就这么平静地结束。事后卡思卡特和他侄子两人都承认，当他们看到汉克跪倒在地，激动地抱着什么时——那东西就躺在已灭的篝火旁，缓缓蠕动着——他们立刻凭直觉意识到是德法戈，真正的德法戈回来了。

是的，的确是德法戈，那法裔加拿大人看上去分外憔悴瘦弱，似乎疲惫到了极点。他正蹲在已熄的火堆旁，笨手笨脚地想点着火。那消瘦不堪的手指只是出于本能在摸索，大脑已经不能再发布最简单的指令了。他的思维能力、记忆力都丧失了。不仅是最近的事件，就连以前的生活在他脑中都是一片空白。

这一次的确是真的德法戈，但他着实消瘦得可怕，令人难以置信。他的脸上不带任何表情——害怕、欢迎或是认出什么人的表情。他似乎不知道是谁在拥抱他，是谁在喂他食物，帮他取暖，温言细语地劝慰他。他已经彻底垮掉了，谁也帮不了他。他只能照人们吩咐的去做，只剩下了一个瘦弱不堪的躯体，作为一个完整个体的德法戈已经不复存在了。

他的一些举动甚至令他们感到前所未有的恐惧。这白痴傻笑着从鼓鼓的嘴里拽出一团粗糙的苔藓，还告诉他们他是个"食藓兽"；喂给他最易消化的食物，他都会不停地呕吐；最糟的是，他还可怜巴巴的像个孩子似的抱怨他的脚很痛，"像火烧似的。"那双脚看上去很正常，但卡思卡特医生帮他检查后却发现已经被严重冻伤了，他的眼底还微微显露出最近出血的迹象。

他是如何在户外严寒中生存下来的？他究竟去了哪里？又是怎样

从小营地返回到大本营的？还要步行绕过那个大湖，因为他根本没有船。所有这一切都将是不解之谜，他的记忆力已经完全丧失了。那年初冬他们经历了如此奇事，冬天还未结束时，可怜的德法戈就死去了，失去了记忆与灵魂的他只挨过了短短几个星期。

后来朋克的叙述也未能将事情弄明白。那天傍晚五点左右他正在湖边洗鱼——也就是在他们一行三人回来前一小时——突然他看到德法戈艰难地走进营地。他还说在那向导出现前，他闻到了一丝淡淡的很特别的味道。

说完朋克立刻出发返家，他只用了三天就走完了整段行程，也只有印第安人才能有如此神速，因为他们整个民族所惧怕的神秘之力正在驱赶着他。德法戈"看到了瘟帝"，他知道这一切意味着什么。

图书在版编目（CIP）数据

孤岛柳林 /（英）阿尔杰农·布莱克伍德著；王元媛译. —— 上海：上海文艺出版社，2020（2021.8 重印）
（域外故事会神秘小说系列）
ISBN 978-7-5321-7589-5

Ⅰ. ①孤… Ⅱ. ①阿… ②王… Ⅲ. ①中篇小说－小说集－英国－现代 Ⅳ. ① I561.45

中国版本图书馆 CIP 数据核字（2020）第 047835 号

孤岛柳林

著　者：[英] 阿尔杰农·布莱克伍德
译　者：王元媛
责任编辑：蔡美凤　杨怡君
装帧设计：周　睿
责任督印：张　凯

出　　版：上海文艺出版社
出　　品：上海故事会文化传媒有限公司
　　　　　（200020　上海市绍兴路74号　www.storychina.cn）
发　　行：上海文艺出版社发行中心
　　　　　（上海市绍兴路50号）
印　　刷：上海中华印刷有限公司
开　　本：889毫米x1194毫米　1/32　印张6.875
版　　次：2021年3月第1版　2021年8月第2次印刷
ISBN：978-7-5321-7589-5/I·6038
定　　价：35.00元

版权所有·不准翻印

上海故事会文化传媒有限公司 出品（01028）www.storychina.cn
想看更多精彩故事？扫码下载故事会APP

上海故事会文化传媒有限公司所有图书可办理邮购，免收邮费（挂号除外）
汇款地址：上海市绍兴路74号（200020），　收款人：上海故事会文化传媒有限公司出版发行部
联系电话：021-64338113
如发现本书有质量问题，请与印刷厂质量科联系 T：021-60829062